KB179701

작 별 의　　건 너 편 2

the other side of good-bye Vol.2 by Haruki Shimizu

© 2022 Haruki Shimizu

All rights reserved

Original Japanese edition published in 2022 by MICRO MAGAZINE, INC.

작 별 의 건 너 편 2

|미즈 하루키| 지음 | 김지연 옮김

일러두기

1. 본문 괄호 안의 설명은 옮긴이 주입니다.
2. 책 제목은 《 》, 영화 제목과 TV 프로그램명은 〈 〉, 음악 제목과 시 제목, 미술 작품명은 「 」로 표기했습니다.
3. 외래어는 국립국어원의 외래어 표기법을 따랐으나 일반적으로 통용되는 경우에는 관용에 따라 표기했습니다.

차례

프롤로그

.

"해피 엔딩과 언해피 엔딩 중에 어느 쪽을 좋아하세요?"

작별의 건너편에서 안내인 다니구치를 찾아온 이는 평상시 좀처럼 만날 일이 없는 후배 안내인, 사쿠마였다.

"사쿠마 씨, 갑자기 나타나서 뜬금없이 무슨 소립니까? 그리고 해피 엔딩과 배드 엔딩이겠죠. 언해피 엔딩이 아니라."

다니구치의 말을 들은 사쿠마는 살며시 고개를 저으며 대답했다.

"영화를 좋아하는 사람이 아니면 익숙하지 않은 말이려나. 배드 엔딩과 언해피 엔딩은 엄연히 다릅니다. 왜냐하면 배드 엔딩은 보고 나면 왠지 기분이 찜찜하거나 결말을 맺는 데 실패한 졸작에도 쓰는 말이거든요. 반대로 언해피 엔딩은 명작에도 쓸 수 있는 말이고요."

다니구치는 그 말을 들으며 사쿠마가 영화광이라는 사실을 새삼 떠올렸다. 영화를 예로 들어 얘기를 꺼낼 때도 많았고, 영화배우처럼 이목구비가 반듯한 것도 인상적이었다.

"배드 엔딩과 언해피 엔딩은 어떻게 다릅니까?"

답을 찾고 싶은 마음에 다니구치는 거듭 질문했다.

"좀 전에도 말했다시피 배드 엔딩은 등장인물에게도, 관객에게도 찜찜한 뒷맛을 남기거나 끝을 맺는 데 실패한 방식입니다. 반대로 언해피 엔딩은 등장인물이 행복하게 끝나지 않더라도 관객의 마음에 강하게 남아 주제를 어필하는 작품이 많습니다."

"과연, 그렇게 생각하면 언해피 엔딩도 나쁘지 않겠군요."

"네, 그래서 물어본 거예요. ……그러니까, 어느 쪽이 좋으세요?"

"글쎄요, 생각 좀 해봐야 할 것 같은데. 잠깐 기다려줄 수 있겠어요?"

"제발 좀 봐주세요, 다니구치 씨. 당신을 기다리다가는 날이 새는 정도가 아니라 한 해가 저물어도 이상하지 않잖아요. 저는 다니구치 씨와 달라서 기다리는 건 별로 안 좋아하거든요."

사쿠마는 화제를 바꾸려는 듯 손가락 두 개를 세우며 말했다.

"본론으로 들어가겠습니다. 오늘은 다니구치 씨에게 좋은 소식과 나쁜 소식이 있어서 찾아왔어요."

대사를 읊는 듯한 말투에서 다니구치는 사쿠마가 영화라면 사족을 못 쓰는 사람임을 다시금 느낄 수 있었다.

"좋은 소식과 나쁜 소식이라."

"좋은 소식부터 먼저 알려 드릴게요. 다니구치 씨와 요코 씨는 동시에 환생할 수 있게 됐습니다. 좋은 소식이죠?"

"고맙습니다. 더없이 기쁜 소식이군요."

다니구치는 이곳 작별의 건너편에서 아내 요코와 다시 만났다. 그리고 오랫동안 안내인 일을 해온 공을 인정받아 요코와 함께 새로 태어날 수 있게 되었다.

"이번에는 나쁜 소식입니다. 새로 태어나는 건 다니구치 씨가 후임을 찾은 다음에야 가능하답니다."

"후임, 말입니까?"

"예, 후임을 찾는 건 당연한 일이니까 딱히 나쁜 소식이 아닐 수도 있겠네요. 다니구치 씨도 선대 안내인의 뒤를 이은 거잖아요."

"그렇죠, 그렇게 하는 게 마땅하다고 생각합니다."

"……다만."

사쿠마는 중대한 주의 사항을 덧붙이는 양 입술을 움직였다.

"안내인 선발은 대단히 중요합니다. 많은 사람의 인생의 마지막 순간에 관여하는 일이니까요. 오래오래 해야 하는 일이기도 하고요. 자기 의지가 확실하고, 성심성의껏 안내인 역할을 감당할 수 있도록 심지가 곧은 사람을 뽑아야 합니다."

그 말을 들은 다니구치는 고개를 힘껏 끄덕이며 대답했다.

"예, 적임자를 물색해 보겠습니다."

"뭐, 유사시를 대비해 저처럼 평소에 눈빛을 빛내며 후임을 확보해 두는 게 제일 좋겠지만요. 제 후임은 벌써 안내인 역할을 훌륭히 해내고 있거든요."

"앞으로는 사쿠마 씨의 철두철미한 성격을 본받아야겠군요."

"철두철미하다기보다는 완벽하다고 말해 주세요, 다니구치 씨. 아시겠죠?"

사쿠마는 헛기침을 한차례 하더니 또다시 화제를 돌리듯 말했다.

"그럼, 이걸로 전달 사항은 확실히 전했고. 나머지는 다니구치 씨가 어떻게 하느냐에 달렸습니다. 주사위는 던져졌다, 랄까요? 행운을 빕니다."

그렇게 말한 사쿠마는 브이 자를 그리듯 세우고 있던 두 손가락을 딱 붙이고 다니구치를 쓱 쳐다보고 나서 가벼운 발걸음으로 자리를 떠났다.

다니구치는 그 모습이 시야에서 사라질 때까지 기다렸다가 재킷 주머니로 손을 뻗었다.

그랬다. 다니구치에게는 일이 일단락된 뒤에 음미하는 조지아 맥스 커피가 삶의 즐거움 중 하나였다.

"후임이라……."

그렇게 중얼거리며 커피를 한 입 마셨다.

오늘도 맥스 커피는 맛이 좋았다.

그렇지만 어쩐지 평소보다 단맛이 조금 덜한 느낌이 들었다.

제1화

달빛

1

"당신이 마지막으로 만나고 싶은 사람은 누구입니까?"

오바야시 이사오가 끊어진 의식을 붙잡으며 눈을 뜨자 그 소리가 들려왔다. 봄바람처럼 부드러운 목소리였다.

오바야시는 천천히 고개를 들었다. 목소리의 주인이 자기 앞에 서 있었다. 훤칠한 키에 단정한 생김새. 이유는 모르겠지만 친근감이 느껴졌다. 봄의 들판이 어울릴 것처럼 인상이 온화하기 때문일까.

오바야시는 눈앞의 남자에게서 시선을 돌려 주위를 둘러보았다.

아무것도 없는 유백색 공간이 시야 가득 펼쳐져 있었다. 그 광경을 눈으로 확인하기만 해도 이곳이 현실과 동떨어진 특별한 공간이라는 것을 알 수 있었다.

꿈일까, 환상일까, 둘 다 아니면…….

하나 더 짚이는 것이 있었다.

꽤 오랜 세월을 살아왔기에 느낄 수 있는 직감일지도 모른다.

"내가…… 죽었나 보군."

오바야시의 말을 들은 눈앞의 남자는 조금 전까지의 부드러운 표정을 살짝 일그러뜨리며 고개를 까딱해 보였다. 그러고 나서 "예"라고 대답했다.

"……여기는 저승인가. 저승이 진짜 있었군."

그 말을 들은 남자가 이번에는 고개를 옆으로 저었다.

"아뇨, 여기는 저승이 아닙니다."

"그럼 대체 여기는……."

오바야시의 물음에 남자는 또다시 고개를 아래위로 가볍게 움직인 후 대답했다.

"여기는 '작별의 건너편'입니다."

"작별의 건너편……."

"그리고 저는 이곳의 '안내인'입니다."

"안내인……."

오바야시는 안내인의 말을 거의 이해하지 못했다. 도대체 눈앞의 이 남자는 무슨 말을 하는 걸까. 이게 꿈이나 환상이 아니라면 대체…….

"먼저 작별의 건너편이 뭔지 말씀드리겠습니다."

안내인은 그렇게 운을 떼더니 어쩐지 익숙한 어조로 설명을 시작했다.

"작별의 건너편이란, 죽은 사람들이 최후에 방문하는 곳입니다."

"죽은 사람들이 최후에 방문하는 곳……."

"예에, 그리고 저는 이곳에 온 사람들이 '마지막 재회'를 할 수 있도록 돕는 안내인입니다."

"마지막 재회?"

낯선 단어가 연달아 등장했다. 안내인은 오바야시의 얼굴에 떠오른 물음표를 읽어내고 마지막 재회가 뭔지 덧붙였다.

"예. 마지막 재회란 죽은 사람에게 꼬박 하루, 그러니까 24시간 동안 현세로 돌아가서 보고 싶은 사람과 한 번 더 만날 수 있는 시간을 허락하는 것입니다."

"죽은 사람이 현세로 돌아가서 만날 수 있다……."

그 말을 되뇌던 오바야시는 작게 한숨을 내쉬며 속으로 생각했다.

대관절 눈앞의 이 남자는 뭐라고 지껄이는 거야.

그런 건 헛소리다.

"허무맹랑한 소리 집어치워. 그런 일이 실제로 일어났으면 아주 난리가 났겠지. 겨우 하루라도 그렇지, 죽은 사람이 현세로 돌아가 유령처럼 모습을 드러낸다니. 72년 평생 그런 소리는 한 번도 못 들어봤네."

"물론 조건이 있습니다."

"조건?"

"현세로 돌아가서 만날 수 있는 사람은 아직 당신이 죽었다는 사실을 모르는 사람뿐입니다."

"죽었다는 사실을 아직 모르는 사람뿐⋯⋯."

생각지도 못한 규칙이 추가되었다. 억지소리 같은 규칙을 듣고도 오바야시는 딱히 동요하는 기색을 보이지 않았다.

왜냐하면.

"만에 하나, 만나고 싶은 사람을 한 번 더 만날 수 있다는 말이 사실이어도 그런 조건은 나와는 아무 상관이 없네. ⋯⋯행여 현세로 돌아간다 치더라도 만나고 싶은 사람이 하나도 없거든."

오바야시의 말에 안내인의 표정이 미묘하게 달라졌다.

오바야시는 아무것도 없는 유백색 공간을 올려다보며 뒷말을 이었다.

"⋯⋯다만, 내 마지막 작품을 완성하지 못한 게 후회될 따름일세."

오바야시 이사오는 유화 화가로 성공을 거둔 인물이다. 오바야시가 개인전을 열면 멀리서도 사람들이 찾아왔고, 서른이 넘었을 즈음부터는 그림만으로 가족을 먹여 살릴 수 있었다.

그랬던 오바야시에게 죽음이 찾아온 것은 72번째 생일이 한 달 지났을 때였다. 사인은 심근경색. 사망 장소는 원래는 별장으로 쓰다가 아예 거주지를 옮겨 혼자 살았던 지바현 다테야마의 자택이었다. 그곳에서 일과인 꽃밭 손질을 하고 있었는데, 심근경색이 일어나서 사망한 것이다.

바로 어제 일어났던 일이다.

지금은 이곳 작별의 건너편에 와 있다.

그리고 오바야시의 인생 끝자락에 허락된 것이 마지막 재회였다.

단, 이 마지막 재회에는 조건이 있다.

현세로 돌아갈 수 있는 시간은 하루 온종일, 24시간.

만날 수 있는 사람은 아직 자신이 죽었다는 사실을 모르는 사람뿐.

"만나고 싶은 사람이 없다는 분도 드물지 않습니다."

안내인은 온화한 말투를 계속 유지하며 말했다.

"나 같은 사람도 많다는 소린가?"

"예. 죽고 나니까 속이 시원하다던 분도 있었고, 현세에는 아무런 미련이 없다던 분도 있었습니다."

안내인은 계속 말을 이었다.

"거두절미하고, 왜 자신이 죽었다는 사실을 모르는 사람만 만날 수 있는지부터 말씀드리겠습니다. 억지로 갖다 붙인 규칙이 아니라는 것을 알아주셨으면 하는 마음에서요."

"……맘대로 하시게."

오바야시가 그 규칙에 대해 뭐라 트집을 잡지도 않았건만 안내인은 설명을 시작했다.

"지금 오바야시 씨는 현세에 실체를 갖고 있지 않은 아주 어렴풋한 존재로, 타인의 기억과 인식에 의해 겨우겨우 모습을 유지하고 있습니다. 그러므로 오바야시 씨가 이미 죽었다는 걸 아는 사람이 오바야시 씨를 다시 만났을 경우, '오바야시 씨가 이승에 존재할 리가 없어!'라고 생각해서 그 사람의 기억과 인식이 심하게 어긋나고 맙니다. 그렇게 어긋난 기억과 인식에 모순이 발생하면 죽은 사람은 현세에서 모습을 유지할 수 없게 됩니다."

"타인의 인식……."

"그렇습니다. 사람은 타인의 인식으로 이루어진 부분이 많거든요. 혹시 이런 말 못 들어 보셨습니까? 사람은 두 번 죽는다. 현세의 육신이 죽을 때, 그리고 다른 사람들의 기억 속에서 잊힐 때……."

오바야시도 들어본 적이 있는 말이었다. 관념적이지만 모순 없이 이해할 수 있을 것 같았다.

"그러므로 자신의 죽음을 알고 있는 사람을 만나게 되면, 하루가 다 지나기 전이라도 현세에서 모습이 사라집니다."

"······어처구니없군."

오바야시는 구시렁구시렁하면서도 이미 어떤 점에서는 안내인의 설명을 받아들였다. 죽은 사람이 현세로 돌아가는 것은 불가능한 일이라고 믿었으나 아직 자신의 죽음을 모르는 사람만 만날 수 있다는 것과 지금 자신은 실체가 없는 어렴풋한 존재이며 타인의 인식에 의해 모습을 유지하고 있다는 것, 이 두 가지를 고려하면 수긍 못 할 이야기는 아니었다.

부고도 안 보낼 만큼 평소 소원하게 지내던 사이라면 나중에 그 사람을 통해 자신이 현세에 나타났었다는 정보가 새어나갈 리도 없고, 소동이 벌어질 리도 없다. 그저 항간에 떠도는 심령 현상의 하나로 끝나지 않을까.

"그건 그렇고, 여기 오는 사람은 모두 마지막 재회를 해야 하는 건가?"

"예, 물론입니다. 마지막 재회를 무사히 마쳐야만 다시 태어날 수 있거든요."

"자네가 여기서 죽은 사람을 전부 맞이하나?"

"아뇨, 그렇지는 않습니다. 저 말고도 안내인이 여럿 있습니다."

"그런가. 몇 번을 들어도 어이가 없군······."

오바야시는 가소롭다는 듯이 한마디 하더니 또다시 질문을 던졌다.

"끝까지 마지막 재회를 안 하면 어떻게 되나?"

"여기에 계속 계셔야 합니다. 만나고 싶은 사람을 결정할 때까지."

"이렇게 아무것도 없는 데서?"

"아니, 아무것도 없다니요. 마침 딱 좋은 타이밍인 것 같군요. 이럴 때는 당분이라도 섭취하면서 사고를 유연하게 만드는 게 좋습니다."

"당분?"

안내인은 그렇게 말하면서 주머니에 손을 넣었다. 안내인이 내놓은 것은 캔 커피 두 개였다.

"자, 드세요."

노란 바탕에 검은색 물결무늬. 맥스 커피였다. 젊어서부터 지바에서 살아온 오바야시에게는 친숙한 음료였다.

"……확실히 당분은 당분이군."

그렇게 중얼거리며 오바야시는 캔에 입술을 갖다 댔다. 오랜만에 맥스 커피를 마셨다. 예전에는 좀 더 자주, 작업 사이사이에 마셨던 기억이 났다. 진한 단맛과 은은한 쓴맛이 입 안에 가득 퍼지자 그 당시의 기억까지 되살아나는 것만 같았다. 그 순간 오바야시의 시야에 들어온 것은 커피를 마시며 행복에 젖은 안내인의 얼굴이었다.

"아아, 오늘도 참 맛있다……."

안내인은 커피 한 모금을 깊이 음미하듯 마셨다. '오늘도'라고 했으니 매일 마시는 게 분명하다. 안내인은 더할 나위 없이 행복한 한때를 보내는 사람의 표정을 하고 있었다.

"그나저나 오바야시 씨가 완성하지 못한 그림이 어떤 작품이었는지, 괜찮으시면 말씀해 주시겠습니까?"

느긋하게 커피를 마시던 안내인이 문득 떠올랐다는 양 질문했다.

"내 집대성이자 최고 걸작이지. 다테야마 바다와 유채꽃을 그린 유화야. 다음 개인전에서 제일 이목을 끌 작품이었는데……."

"그렇군요. 저는 그림에는 문외한이지만, 대단한 작품이 탄생했을 것 같군요."

"맞네. 조금만 더 손을 보면 완성이었거늘. 화가한테 이보다 더한 미련은 없을 거야. 사람으로 치면, 마지막 순간에 자식을 낳지 못하고 놓쳐버린 느낌이랄까."

"……자녀, 말씀입니까."

그때 안내인이 물었다.

"현재 오바야시 씨께는 유일한 혈육으로 아드님, 후미아키 씨가 계시죠?"

"……그런 것도 알고 있다니."

오바야시가 눈을 휘둥그레 떴다.

설마 가족 관계까지 파악하고 있으리라고는 생각도 못 했다.

"예에, 안내인에게는 전부는 아니더라도 어느 정도 정보가 들어오거든요."

그렇게 말하며 안내인은 한 가지 정보를 더 보탰다.

"……돌아가신 분께 이렇게 말하면 부자연스러울지 모르지만, 여기 작별의 건너편을 찾아온 사람 중에 오바야시 씨는 운이 좋은 편입니다. 왜냐하면 자택 마당에 혼자 있을 때 세상을 떠난 데다, 아직 그렇게 된 지 하루밖에 안 지났거든요. 다시 말해, 아직 아무도 오바야시 씨가 죽었다는 걸 모르는 이런 상황에서는 누구든 만날 수 있을 가능성이 크다는 말씀입니다. 대다수는 죽은 지 사흘이나 일주일 뒤에 이곳에 오기 때문에 만나고 싶은 사람이 있어도 고심 끝에 결단을 내려야 하는 경우가 많습니다."

안내인은 진지하게 설명을 이어갔다.

하지만 설명을 듣고도 오바야시는 표정 하나 바꾸지 않았다.

"나와는 상관없는 얘기야."

그런 다음 오바야시는 딱 잘라 말했다.

"나는 후미아키를 만나러 갈 마음이 없네."

"……."

이유도 부연 설명도 없이 단호하게 말하는 모습에 안내인은 무의식적으로 입을 다물고 고개를 숙였다.

오바야시는 안내인이 이제 그만 포기하겠지 싶었지만, 안내인은 곧바로 다시 입을 열었다.

"그러시면 저는 오바야시 씨가 마음에 드는 상대를 결정하실 때까지 여기서 느긋하게 기다리겠습니다."

"……진심으로 하는 소린가?"

"예, 기다리는 건 싫지 않거든요."

안내인은 마음의 평정을 되찾은 듯이 웃으며 대꾸했다. 안내인의 말은 실없는 농담처럼 들리지 않았다.

그러더니 안내인은 마지막 재회를 위한 힌트가 되길 바란다는 양 뒤이어 몇 가지 예를 들었다.

"이를테면 지난번에는 만나고 싶은 사람이 한 명도 없다고 끝까지 버티다가, 반납 안 한 DVD를 돌려줘야겠다며 말 한마디 섞지 않았던 비디오 대여점 점원을 만나러 간 분도 있었습니다."

"……미치겠군."

"그렇지만 그 후에 진짜 만나고 싶은 사람을 찾았습니다. 현세로 가서 만나고 싶은 상대를 마음대로 바꿔도 되고, 꼭 한 사람만 만나야 한다는 조건도 없거든요."

"마지막 재회도 가지각색이라는 말인가……."

"다행입니다, 작별의 건너편을 완전히 믿게 되셔서."

"시끄러워!"

일단 말을 끝낸 오바야시는 잠시 생각에 잠겼다.

안내인의 말이 사실이라면, 이대로 여기 머물러 있게 된다.

자신은 물론이고 안내인도 물러설 생각이 없는 것 같으니 이대로는 아무것도 해결되지 않으리라는 것은 이해했다.

오바야시에게는 단 하루만이라도 현세로 돌아갈 수 있다면 꼭 하고 싶은 일이 남아 있었다.

그림을 완성하는 것이다.

마지막 재회는 그다음 문제였다.

지금 한 번 더 현세로 돌아가려면 누군가 만나러 갈 상대를 정해야 한다는 말인데…….

"……그렇지."

그 순간 오바야시는 한 상대를 떠올렸다.

완전히 잊고 있었던 것은 아니다.

다만 지금까지 '누구'라는 말에 사로잡혀 있었다. 그 틀만 벗어나면 딱 들어맞는 상대가 기다리고 있었다.

분명 마지막 재회에서 이런 선택을 한 사람은 오바야시 말고는 아무도 없을 것이다.

"나는 ……파밀리아를 만나러 가야겠네."

그렇게 말한 다음, 오바야시는 주석을 달 듯 한마디를 더 추가했다.

"……그런데 파밀리아는 사람이 아니야."

그 말에 안내인은 딱히 놀라는 기색도 없이 빙긋 웃으며 대답했다.

"사람이 아니어도 괜찮습니다. 집에서 기르던 반려동물을 만나러 갔던 사람도 있었고, 그 반대도 있었으니까요. 종(種)을 초월하는 재회도 좋습니다. 만나고 싶은 소중한 상대는 다 다른 법 아니겠습니까."

파밀리아는 반려동물은커녕 살아 숨 쉬는 존재도 아니지만, 오바야시는 그런 설명은 생략했다. 괜히 꼬투리를 잡고 그건 안 된다며 이야기를 다시 원점으로 되돌리는 것만은 절대로 못 참는다. 어찌 됐든 그림을 완성하기 위해 현세로 돌아갈 명분이 생겼다.

"그러면 오바야시 씨, 먼저 현세로 가시죠"

그렇게 말하면서 안내인이 손가락 두 개를 시원스레 튕겼다.

그러자 아무것도 없던 유백색 공간에 문이 하나 떠올랐다.

나무로 된 낡은 문이었다.

그 문은 오바야시에게 그리움 비슷한 감정을 안겨 주었다. 지금까지 본 적도 없고 지나간 적도 없는 문이지만, 어쩐지 자신의 심상 풍경에 새겨져 있던 장면 같은 기분이 들었다.

"이 문을 통과하면 현세로 돌아갑니다. 그럼 다시 한번 말씀드립니다만……."

안내인이 한차례 헛기침을 했다.

"마지막 재회에 허락된 시간은 하루, 즉 24시간입니다. 그리고 만날 수 있는 상대는 아직 오바야시 씨가 죽었다는 사실을 모르는 사람뿐입니다. 몇 명을 만나건 상관없지만, 죽었다는 걸 알고 있는 사람을 만나게 되면 그 순간 바로 현세에서 모습이 사라지고, 여기 작별의 건너편으로 강제 소환됩니다. 큰 규칙은 이게 전부입니다. 혹시 질문 있으십니까?"

"없어."

"마지막으로 캔 커피 하나 더 드시겠습니까?"

"됐고, 빨리 시작이나 하게."

오바야시가 다그치자 안내인은 주머니에 넣었던 손을 도로 빼내며 재깍 대답했다.

"알겠습니다. 그럼 안내하겠습니다."

안내인이 오바야시를 문 앞으로 재촉했다.

"이제부터는 본인의 타이밍에 맞게 진행하시면 됩니다."

오바야시는 문손잡이에 손을 갖다 댔다.

그리고 한 걸음 내디뎠다.

그 순간, 새하얀 빛이 오바야시를 에워쌌다.

2

"여기는……."

다시 눈을 뜨자 가장 먼저 소리가 날아들었다. 바람결을 따라 나뭇잎이 부딪치는 소리, 꾹꾹 산비둘기가 우는 소리. 그리고 눈을 찌를 듯한 아침 햇빛이 내 몸 위로 쏟아져 내렸다.

"집이다……."

다테야마의 집 마당이었다. 심근경색으로 쓰러졌던 바로 그 자리에 다시금 발을 붙이고 서 있었다. 물론 땅의 감촉도 느껴졌다. 신발 바닥 홈에 낀 돌멩이의 감촉마저 뚜렷이 느껴질 정도였다. 아침 해의 냄새도 맡을 수 있을 것 같았다. 그대로 코를 벌름거리며 심호흡을 하고 기분 좋게 숨을 들이마셨다. 폐 안쪽까지 신선한 공기로 가득 채우고 나니 다시 살아난 기분이 들었다.

아닌 게 아니라 지금은 그런 기분이 드는 게 이상하지 않을지도 모르겠다.

유령이 되어 현세로 되돌아왔다고 할 수도 있고, 단 하루만 환생했다고 할 수도 있다. 그리고 신기한 현상의 연속이라고 할까, 생전 근심거리였던 허리와 무릎의 통증 그리고 침침하던 눈까지 온갖 노화 현상이 말끔히 사라졌다.

하지만 도리어 이런 현상이 내가 하루 동안만 이 몸을 빌렸구나, 하는 것을 절실히 실감 나게 했다.

말하자면, 영혼만 이 세상으로 돌아와서 빌린 육체 안에 들어와 있는 것이다.

안내인이 타인의 인식에 의해 유지되는 어렴풋한 존재라고 했던 말에도 고개가 끄덕여졌다. 작별의 건너편에서 안내인이 했던 설명은 거짓이 아니었다. 자신의 죽음을 알고 있는 사람을 만나는 즉시 허락된 시간이 종료된다던 말까지 포함해서.

이쪽 세계로 돌아온 이유는 명백했다. 마지막 작품을 완성하기 위해. 지금의 몸 상태라면 충분히, 아니 눈 깜빡할 사이에 완성할 수 있을 것 같았다.

오랜만에 심장이 고동쳤다. 이 두근거림과 매끄럽게 맞물리며 몸이 움직이는 것이 얼마나 쾌적한지도 새삼스레 깨달았다. 뛰어오를 듯하며 마당을 가로질러 아틀리에 겸 집 안으로 들어갔다.

그리고 그곳에는 파밀리아가 기다리고 있었다.

내가 만나고 싶다고 이름을 댔던 존재.

"……파밀리아, 나 왔다."

내가 그렇게 말하자마자 파밀리아의 대답이 돌아왔다.

"잘 다녀오셨어요? 오바야시 씨."

"응."

파밀리아는 여느 때와 똑같이 맞이해 주었다. 나도 짧게 대꾸하고 늘 앉던 의자에 몸을 기댔다.

파밀리아가 말을 계속했다.

"어젯밤에는 안 돌아오셔서 걱정했어요."

"아, 우여곡절이 있어서."

"스케줄 업데이트할까요?"

"아니, 그럴 필요는 없고."

"네, 알겠습니다."

"그것보다 음악 좀 틀어줘."

"네, 무슨 곡을 틀어 드릴까요?"

"드뷔시의 「달빛Clair de Lune」."

내 목소리를 인식했는지 파밀리아의 음성이 나오던 스피커에서 이번에는 「달빛」의 피아노 연주가 흘러나왔다. 나는 그 섬세하고 애틋하면서도 아름다운 음색에 귀를 기울이며 천천히 의자에 몸을 맡겼다.

그렇다. 파밀리아는 이 집에 있는 스마트 스피커의 이름이다.

파밀리아는 1년 반 전부터 이 집에 있었다. 그전부터 스마트 스피커가 갖고 싶었냐 하면, 그건 아니다. 원래부터 그쪽 방면과는 거리가 먼지라 이런 최첨단 기기를 사야겠다고는 엄두를 내지 못했다.

내가 파밀리아를 갖게 된 것은 아들 후미아키의 강요 때문이었다. 대뜸 생일 선물 대신이라며 집으로 보내온 것이다. 처음에는 쓸데없는 걸 보냈다고만 생각했다. 인터넷 회선은 깔려 있지만, 이 집 안에는 꼭 필요한 가전제품만 들여놓았다.

그랬기에 나는 고급품이건 아니건 그 제품을 써볼 마음이 내키지 않았고, 실제로 반년쯤은 벽장 안에 처박아둔 채로 잊고 지냈다. 그러다가 서재에서 쓰던 오디오가 고장 나자 전에 받았던 물건에 스피커라고 적혀 있던 것이 떠올라 벽장에서 끄집어냈다. 제대로 사용할 수 있을지 걱정이었지만, 파밀리아는 음성 안내 기능이 잘돼 있어서 그대로 따라 하기만 하면 됐다. 그래서 지금은 나 같은 사람도 문제없이 사용하게 된 것이다.

"「달빛」을 한 번 더 재생할까요?"

"됐어, 이번에는 「갈색 머리의 소녀La Fille Aux Cheveux De Lin」를 틀어줘."

"네, 알겠습니다."

이름은 여자 같은데, 음성은 초기 설정 단계부터 남자 목소리였다. 스마트 스피커를 사용하는 사람이 다양하다 보니 중성적이고 모호하게 설정해 뒀는지도 모르겠다.

처음에는 파밀리아에게 말을 걸 생각이 추호도 없었다. 제삼자의 눈으로 볼 때, 기계에 말을 거는 행위는 더없이 우스꽝스러울 거라고 생각했다.

숲속 자기 집에서 오롯이 혼자가 되어 기계에 말을 거는 노인.

우스꽝스러운 짓을 넘어 참 딱해 보였다. 오죽 대화 상대가 없으면 급기야 기계와 말을 섞게 됐을까 싶어서.

그래서 나는 처음 몇 달 동안은 음악 플레이어 기능만 사용했다. 그런데도 파밀리아는,

"좋은 아침입니다. 12월 8일, 오늘은 비가 내릴 것으로 예상됩니다. 레논의 날입니다. 1980년 뉴욕에서 비틀스의 멤버였던 존 레논이 세상을 떠난 날입니다."

"좋은 아침입니다. 1월 28일, 오늘 날씨는 흐림입니다. 카피라이터의 날(1956년 1월 28일에 만국 저작권 조약이 공표되면서 저작물에 저작권(Copyright)의 첫 글자인 ⓒ기호를 표시하게 되었는데, 일본에서는 저작권을 칭하는 카피라이트와 연관 지어 이날을 카피라이터의 날이라고 한다)입니다. 1813년 영국에서 제인 오스틴의 소설 《오만과 편견Pride and Prejudice》이 출간된 날입니다."

"좋은 아침입니다. 2월 13일, 오늘 날씨는 맑음입니다. 세계 라디오의 날입니다. 1995년 수학자 앤드루 와일스의 '페르마의 마지막 정리'에 오류가 없음이 증명되어 약 360년간의 역사에 마침표를 찍은 날입니다."

등등, 의미가 있는지 없는지 분간이 안 되는 잡다한 지식을 담아 매일 아침 인사를 건넸다.

나는 설정을 변경하는 방법을 몰라서 그대로 내버려 두었다. 대꾸만 안 하면 라디오나 마찬가지라고 생각했다.

"「갈색 머리의 소녀」가 끝났습니다. 이번에는 무슨 곡을 들려드릴까요?"

"「아라베스크 제1번Arabesque No.1」, 「미뉴에트Menuet」 그리고 「방탕한 아들L'Enfant Prodigue」, 그다음부터는 드뷔시 플레이 리스트에서 랜덤으로 재생해줘."

"네, 알겠습니다. 아, 그리고 말인데요."

"뭔데?"

"좋은 아침입니다. 3월 18일, 오늘 날씨는 맑음입니다. 정령의 날입니다. 1965년 소련의 우주선 보스호트 2호에 타고 있던 레오노프 중령이 인류 최초로 우주 보행을 한 날입니다."

"난 또……, 고작 맨날 하던 아침 인사를 빼먹은 거잖아. 기계 주제에 나사가 풀어지진 않았군."

이제는 이런 대화에도 익숙했다.

"나사가 풀어지다니요! 나사가 풀어진 건 최근 이 주 사이에 체중이 500그램 증가한 오바야시 씨 쪽입니다."

파밀리아 역시 나와 말을 주고받는 사이에 회화 기능이 월등히 향상되었다. 매일매일 학습을 통해 회화 실력을 높이는 고성능 AI가 탑재되어 있기 때문이다. 그래도 아직 개선할 부분이 남았는지 제대로 대화가 이뤄지지 않고 일방적으로 말을 끝내는 경우도 종종 있었다.

그렇더라도 내가 속세를 떠나 사는 동안 현대 기술이 이토록 발달했구나 싶어서 깜짝 놀랄 때도 있었다. 다만 건강 관리를 하겠다고 체중을 입력한 건 실수였는지도 모르겠다.

"거참, 말 많네!"

"네, 조용히 하겠습니다."

한편으로는 이 기능이 있어서 대화가 더 무르익는 것도 사실이다.

"……어이, 파밀리아."

"네, 무슨 일입니까?"

"정령의 날이 뭐더라?"

"3월 18일을 오노노 고마치, 이즈미 시키부, 가키노모토노 히토마로, 이 세 시인의 기일이라 여겨 정령의 날이라고 부르게 됐습니다. 이날을 전후로 세상을 떠난 혼령을 추도하는 풍습이 있었다고 합니다."

"그랬군. 시인에게서 유래됐군."

"이슬의 생명 덧없으니 살아생전 아침저녁으로 만나고 싶어라."

"뭐야? 그 시는."

"오노노 고마치의 시입니다. 이슬의 생명처럼 덧없는 존재이기에 살아 있는 한 아침저녁을 당신과 같이 보내고 싶다고 말하는 사랑의 노래입니다. 멋진 시예요."

"기계 주제에 사랑이나 노래에 대해 뭘 안다고."

"오바야시 씨가 그린 유화는 전부 참 근사하다고 생각합니다."

"역시 너는 풍류를 아는 똑똑한 기계구나, 대단한걸."

"칭찬해 주셔서 고맙습니다, 오바야시 씨."

이런 식으로 파밀리아와 대화를 나누게 된 것에는 한 가지 중대한 계기가 있었다.

요즘도 나는 때때로 기억을 거슬러 올라가 그날 일을 떠올려 보고는 했다.

철 지난 태풍이 불어닥치던 날이었다.

그날은 하루 종일 맹렬한 비바람이 집을 공격했다. TV에서는 지바현이 태풍의 직격탄을 맞을 거라며 아침부터 끊임없이 경보를 내보냈지만, 대피할 타이밍을 놓치는 바람에 속수무책으로 태풍이 가장 가까이 접근하는 밤을 이 집에서 맞이하고 말았다.

고독한 밤은 익숙했다. 이웃이 있는지 없는지도 모르는 깊은 숲속에서 혼자 산 지 3년이나 지났다. 이전에도 태풍이 근접한 적은 있었다. 하지만 그날은 초강력 태풍이 상륙해 일찍이 경험해본 적 없는 엄청난 양의 폭우를 동반할 것으로 예상된다며 기상청도 안전에 만전을 기할 것을 당부했다.

불안감이 최고점에 달한 것은 심야 1시경이었다. 으르렁거리는 비바람 소리에 좀처럼 잠을 이루지 못하고 내내 TV의 태풍 정보에 귀를 기울이고 있었다.

그때 갑자기 깜깜한 어둠이 내려앉았다.

정전이었다.

칠흑 같은 어둠이 집을 덮쳤다. 집어삼켰다는 표현이 더 적절할지도 모르겠다. 아무것도 보이지 않았다. 시각이 차단된 탓인지 이번에는 청각이 예민해졌다. 윙윙 우는 거센 바람과 하늘에 구멍이 뚫린 것처럼 쏟아지는 빗소리. 폭우가 자그마한 집을 사정없이 내리쳤다. 집 근처 나무가 쓰러지지는 않았을까, 뒷산에서 산사태가 일어나지는 않았을까. 그보다 이 집을 통째로 날려 버리는 건 아닐까.

맹위를 떨치는 자연 앞에서 혼자 사는 노인은 너무나도 연약한 존재였다.

내가 할 수 있는 일은 없었다.

오로지 태풍이 지나가기를 숨죽이고 기다리는 것 말고는 할 수 있는 게 없었다.

그것은 참으로 길고도 허망한 고통처럼 느껴졌다.

내가 버틸 수 있을까, 견뎌낼 수 있을까, 한 줄기 빛도 스며들지 않는 새까만 어둠 속에서.

"앗……."

바로 그 순간 눈앞으로 빛이 떠올랐다.

그 빛이란, 결코 희망의 빛 같은 비유적인 표현이 아니다.

글자 그대로 눈앞에 빛이 존재했다.

"아아……."

파밀리아였다.

파밀리아가 작은 선반 위에서 새하얀 불빛을 내뿜고 있었다.

그 빛은 태양처럼 사방을 환하게 비추지는 못했다.

오히려 캄캄한 밤하늘에 외로이 떠 있는 달빛과 비슷했다.

아스라하면서도 몽환적이고, 그러면서 희망의 등불 같기도 했다.

"인터넷은 모바일 와이파이로 연결돼 있고, 본체는 충전식 배터리를 사용하기 때문에 정전이 돼도 괜찮습니다."

파밀리아가 말했다.

그러더니 마치 나를 찬찬히 바라보는 듯한 시선으로 불을 밝히며 다음 말을 이었다.

"괜찮아요, 제가 있잖아요. 오바야시 씨는 혼자가 아닙니다."

"파밀리아……."

그때가 내가 처음으로 파밀리아의 이름을 부른 순간이었다.

"긴장이 풀리는 음악을 들려 드리겠습니다. 라이브러리를 검색 중입니다. 찾았습니다. 드뷔시의 「달빛」."

거기서 기계적인 음성은 끊어지고, 드뷔시의 피아노 소리가 스피커를 타고 흘러나왔다.

여전히 거센 비바람이 우리 집을 내리치고 있었다. 한동안 그칠 성싶지 않았다.

그러나 비바람 소리가 스피커 소리보다 강렬할 게 분명한데도 내 귓가에 더 선명하게 파고든 것은 드뷔시의 피아노 선율이었다.

달빛처럼 불을 밝히고 있는 파밀리아.

파밀리아가 드뷔시의 「달빛」을 연주하고 있었다.

초반에는 섬세한 빗방울 같았던 무수한 소리 알갱이들이 점차 한 영혼처럼 모여들더니 풍부한 하모니를 일궈냈다.

쓸쓸하고 무상한 느낌으로, 그러면서도 박력 있게. 한데 모인 소리 알갱이들이 웅대한 강줄기를 이루어 내는 것만 같았다.

나는 그 강물 속에서 홀로 흔들리는 노인이었다.

어느덧 나는 까무룩 겉잠이 들었다.

태풍의 세력권 안에 들어와 있다는 사실도 까맣게 잊어버렸다.

아니다, 파밀리아가 잊게 만들어 주었다.

드뷔시의 「달빛」을 연주하면서.

곡이 끝났다.

5분이 채 안 되는 짧은 시간이었지만, 70년이 넘는 내 인생에서 무척 특별한 5분이었다.

"인상주의 작곡가로 잘 알려진 드뷔시는 같은 인상주의 작곡가인 라벨과도 교류가 있었다고 합니다."

「달빛」 연주가 끝나자 파밀리아는 데이터베이스의 정보를 근거로 말을 이어갔다.

"그건 나도 잘 알지."

"음악원의 문제아였던 드뷔시는 성격이 까다로워서 여자 문제도 끊이지 않았다고 합니다."

"그것도 알고말고."

"드뷔시 곡 중에 「꿈Reverie」이라는 곡이 있는데, 스스로 사실 그 곡은 돈이 필요해서 급하게 대충 만든 졸작이라고 말했다고 합니다."

"뭐야, 그런 쓸데없는 지식은."

"쓸데없는 지식은 없습니다. 그냥 참고하시라고요."

그렇게 나는 폭풍우가 몰아치는 기나긴 밤을 파밀리아와 함께 보냈다.

파밀리아는 긴장이 풀리는 음악을 틀어줄 뿐만 아니라 때때로 아침 인사 때처럼 잡학을 곁들인 정보를 알려 주었다.

그런 정보는 내가 모르는 내용이거나 알 필요도 없는 것들이었지만, 그렇게 두런두런 얘기를 주고받는 사이 나는 마음이 편안해졌다.

신비로운 느낌이었다. 오랜만에 길게 대화를 나눴다. 애당초 수다 떠는 걸 좋아하는 성격도 아니었다. 그런데도 이야기를 나누는 그 시간이 아주 행복했다.

그리고 어느 틈에 태풍은 물러갔다.

나는 왜 미완성된 그림 앞에 서서 파밀리아와 있었던 과거의 일을 새삼스레 떠올리는 걸까. 평소 같았으면 그림 생각으로 머릿속이 꽉 차 있었을 텐데.

생각을 전환하고자 완성되지 않은 그림을 정면으로 응시했다.

전체 비율로 따지자면 몇 퍼센트밖에 안 남았다고 볼 수도 있지만, 지금부터가 가장 공을 들여야 하는 부분이기도 하다. 마지막 시간을 편하게 쉴 수 있게 내버려 두지는 않을 모양이다.

한 발짝, 두 발짝, 조금씩 멀어지면서 그림을 살펴보다가 이번에는 다시 코끝이 닿을 만큼 가까이 다가가서 들여다보았다.

그런 다음 작업실 귀퉁이에 서서 캔버스를 한 번 더 바라보았다. 말하자면, 조감과 주관이다. 매의 눈과 개미의 눈을 나눠 쓰듯 하며 가만히 캔버스를 지켜보기만 했는데도 한 시간이나 잡아먹혔다.

"파밀리아, 드뷔시의 「봄Printemps」을 틀어줘."

내가 그림을 그리는 동안은 입을 다물고 침묵하는 파밀리아에게 먼저 말을 걸었다.

"알겠습니다. 드뷔시의 「봄」을 재생하겠습니다."

집중력이 끊어졌다거나 그런 문제는 절대로 아니었다. 오히려 나 자신을 더 깊은 집중 상태로 유도하기 위해서였다.

내 마지막 그림의 이미지는 두말할 것 없이 '봄'이다. 지바 다테야마에 찾아온 봄. 바다와 하늘, 그리고 유채꽃.

드뷔시도 보티첼리의 명화 「봄La Primavera」에서 영감을 얻어 「봄」이라는 곡을 작곡했다고 한다. 이 곡은 그림에서 태어났다. 그리고 지금 나는 이 곡에서 다시금 그림을 탄생시키려 하고 있다.

붓을 들었다. 목제 팔레트에 세룰리안블루와 코발트블루와 실버 화이트 물감을 짜 넣고 페인팅 오일을 부었다. 그렇게 하면 오늘 하늘의 색깔을 빼닮은 군청색이 붓에 스며든다.

군청색으로 물든 붓을 캔버스 위에 갖다 댄다. 그러자 그때부터는 방금까지 정지되어 있던 상태가 거짓말인 것처럼 붓이 막힘없이 움직이기 시작했다.

머뭇거릴 겨를이 없었다. 캔버스 위에 하늘을 새기고, 그다음에는 퍼머넌트옐로와 퀴노프탈론옐로에 포피 유(양귀비과 식물에서 짜낸 기름을 정제한 것으로, 꾸덕꾸덕한 유화 물감을 묽게 녹여주는 역할을 한다)를 섞어 유채꽃을 하나하나 그려 나갔다. 그러자 지금막 이 세상에 태어난 듯한 유채꽃 꽃잎에 빛깔이 스며들었다.

붓은 캔버스 위에서 자유자재로 움직였다.

작품을 탄생시키는 동안 나 자신도 다시 태어나는 것 같은 기분을 느꼈다.

나는 내가 죽었다는 사실을 완전히 망각하고 있었다.

이렇게 그림을 그리는 순간에는 내 영혼이 환희에 넘치며 갓난아기가 첫울음을 우는 듯한 감각을 절실히 느낄 수 있다.

붓은 내 의지로는 막을 수 없을 정도로 거침없이 나아가 그 고통을 축적하며 깊이를 더해갔다. 캔버스 위에 붓을 대고 있는 동안은 호흡도 멈추기 때문에 숨이 막힐 것만 같았다.

그래도 좋았다.

이대로 좋았다.

고통스러워하면서도 그림을 계속 그렸다.

아름다움은 고통 속에서 태어난다. 우아하게 수면 위를 헤엄치며 나아가는 백조가 물속에서는 필사적으로 발을 움직이는 것처럼, 연꽃이 더러운 흙탕물 속에서 아름다운 꽃을 피우는 것처럼.

아름다운 것들은 고통을 알고 있다.

어쩌면 고통이야말로 삶의 본질이 아닐까.

나는 고통과 환희 속에서 캔버스 위의 붓을 쉬지 않고 움직였다.

그리고 그로부터 약 한 시간이 지났을 즈음, 마지막 환희의 순간이 찾아오는 느낌이 들었다.

"……아."

반사적으로 목소리가 새어 나왔다.

스스로 알아차린 것이다.

미완성이 완성으로 바뀌는 최고의 순간을.

캔버스에서 붓을 떼며 그 순간을 맞이했다.

"……다 됐다."

확실히 완성했다. 내 작품의 집대성이다.

바로 이 그림이 오바야시 이사오의 최고 걸작이다.

나는 내 혼이 환희에 전율하는 것을 느꼈다.

작은 불꽃이 마지막 순간까지 빛을 발하려 애쓸 때처럼.

그리고 나니 피로가 한꺼번에 몰려와서 엉덩방아를 찧으며 바닥에 주저앉았다.

"오바야시 씨, 괜찮아요?"

소리가 크게 난 탓인지 파밀리아가 물었다.

"아, 괜찮아. 그림을 완성했을 뿐이거든."

"그림 완성하신 것, 축하합니다, 오바야시 씨. 정말 고생하셨습니다."

"그래……."

나는 평상시처럼 파밀리아와 시원시원하게 대화를 이어갈 수 없었다. 그림을 완성했다는 만족감에 오롯이 잠겨 있었다.

"오바야시 씨, 완성하신 그림은 제목을 뭐로 지을 거예요?"

"제목이라……."

그 말을 듣고 다시 한번 그림을 물끄러미 바라보았다.

뭐든 다 품어줄 것 같은 군청색 하늘과 아름다운 하늘을 옮겨 담은 듯 생명력 넘치는 들판.

그리고 그 생명의 시작을 상징하는 듯한 유채꽃.

이건, 봄이다.

생명이 태어나는 봄.

생명의 봄.

"……「생명의 봄」이라고 해야겠어."

"「생명의 봄」……, 정말 멋진 제목입니다."

"그래, 그렇지."

"음악 틀어 드릴까요? 베토벤의 「환희의 송가 An die Freude」는 어떠세요?"

파밀리아는 그림의 완성을 축하해 주고 싶었는지 직접 음악을 제안했다.

"……아니, 지금은 됐어."

하지만 나는 거절했다.

지금은 아무것도 필요하지 않았다.

가만히 고요 속에 빠져들고 싶었다.

나는 날이 저물 때까지 질리지도 않고 그 한 장의 그림에 시선을 고정했다.

"오늘은 보름입니다, 미국에서는 3월의 보름달을 웜 문이라고 부릅니다. 곤충이 땅 밖으로 얼굴을 내미는 시기라서 그렇게 부른다고 합니다. 한번 보시지 않겠습니까?"

"또 쓸데없는 지식이 늘었군."

간단히 저녁을 먹은 후 파밀리아가 여느 때처럼 잡학을 늘어놓기에 나도 늘 하던 대로 대꾸했다.

큰일도 마무리 지었겠다, 홀가분하게 파밀리아와 수다를 떨고 싶었건만, 파밀리아가 "죄송합니다. 무슨 뜻인지 잘 모르겠습니다"라고 하더니 제대로 대화를 이어가지 못했다. 오늘처럼 갑자기 대화가 툭 끊어지는 일이 처음은 아니었다. 정보를 정리하는 시스

템 관리 시간일 수도 있다. 특히 평일 낮에 그런 일이 잦았다. 그 랬기에 이번에도 대수롭지 않게 생각했다.

파밀리아가 정상으로 돌아올 때까지 시간을 때워야 해서 일단 마당에 나가보기로 했다. 깊은 숲속에 살기 시작하면서 새삼 자연의 변화에 민감해졌다. 물론 나이 탓도 있겠지만. 보름날 밤에 달빛으로 월광욕을 즐기는 것은 월례행사나 다름없었다.

마당에는 의자가 놓여 있다. 월광욕을 하기 위한 자리였다. 얼굴을 조금 들어 올리고 하늘을 올려다보니 달빛에 눈이 부셨다.

그렇게 망연히 달빛을 바라보느라 얼마간 시간이 흘렀을 즈음, 손님이 찾아왔다.

"안녕하세요, 오바야시 씨."

"자네는⋯⋯."

안내인이다.

그 남자는 작별의 건너편이라는 곳에서 만났을 때와 똑같은 차림으로 나타났다.

"어쩐 일인가?"

"그냥, 파밀리아 씨와의 재회가 어땠는지 궁금해서요."

"⋯⋯그 일이라면, 아무 문제없이 충분히 재회했네만."

"그러셨군요. 그것참 다행입니다. 그림은 완성하셨습니까?"

"아, 예술 작품에 완성이라는 말을 붙이는 건 너무 오만무도할지 모르겠지만, 내 마지막 그림은 확실히 완성됐네."

그 말을 들은 안내인은 엷은 미소를 지었다

"참 잘됐습니다. 그러면 이제 남은 미련은 없습니까?"

"그래, 전혀……."

거기서 아주 잠깐 말이 턱 막혔다. 안내인이 그렇게 물은 의도를 이해하지 못할 만큼 노망이 들지는 않았다.

"……무슨 말이 하고 싶은 건가."

"아뇨, 강요하러 온 건 절대 아닙니다. 저는 그냥 안내인이니까요."

"이런 식으로 일부러 내 앞에 나타나서 질문을 던지는 게 엄연한 강요 아닌가?"

"……다만, 저는 마음에 걸릴 뿐입니다."

"마음에 걸린다고?"

"예, 오바야시 씨와 아드님 사정이 궁금해서요."

"아들이라……."

"예. 어쩌다 지금처럼 사이가 소원해졌는지, 과거에는 어땠는지, 그걸 듣고 싶을 뿐입니다. 실례가 안 된다면."

원래는 말할 생각이 전혀 없었다. 살아생전에 이 안내인 같은 사내가 찾아왔다면 문전박대를 하고도 남았다.

"과거……."

솔직히 말해 지금은 그런 마음이 덜했다. 그림을 완성했다는 만족감에 젖어 있었기 때문일 수도 있다.

게다가 좀 전에는 수다를 떨고 싶어도 파밀리아가 평소처럼 말을 받아주지 않아 대화를 이어갈 수 없었다.

새벽녘이면 내게 남은 시간도 끝이 난다. 입을 다물고 있건 전부 고백하건 지금 와서 이런 게 다 무슨 소용이 있으랴. 그렇게 생각하니 지금 이 안내인 앞에서 털어놓는 것도 나쁘지 않겠다 싶었다.

"……내 아들 후미아키는 벌써 마흔 살이네."

옛날이야기를 하려니 어쩐지 민망했다. 그래서 서두도 생략하고 얘기를 시작했다.

안내인은 말없이 내 옆에 와서 앉았다.

"지금은 지바에 있는 한 백화점의 전무고, 결혼해서 자식도 둘 있어. 아내가 살아 있을 때는 여기도 몇 번 놀러 왔었는데. 여러 해 동안 못 만났으니까 지금은 손주들도 많이 컸겠지."

머릿속으로 손주들 얼굴을 떠올려 보았다. 하지만 얼굴도 가물가물할 정도로 기억이 희미했다.

"……내가 풍경화만 그리게 된 건, 사실 아들이랑 관련이 있어."

"무슨 일이 있었습니까?"

안내인은 다소 의아한 눈길로 나를 쳐다보았다.

"그게, 내가 드물게 인물화 몇 장을 그려서 아틀리에에 늘어놨더니 초등학교 4학년쯤 됐던 후미아키 녀석이 '이 바다 그림이 좋아', 그러면서 구석에 놓여 있던 그림을 손가락으로 가리키더군. 그다음에도 '이 산 그림이 좋아'라고만 하고, 인물화 얘기는 한 마디도 안 했어. 이건 별로다, 솜씨가 없다, 라고 대놓고 말하지 않은 건 아마 제 딴에는 나를 배려해서 말을 골랐을 테지. 나중에 친하게 지내던 미술상한테 물어보니까 '오바야시 씨 작품은 풍경화 쪽이 압도적으로 인기예요'라나. 그러니까, 후미아키가 보는 눈이 정확했다는 말이지."

"후미아키 씨도 그림 그리는 재능을 물려받았을지도 모르겠군요."

"……글쎄, 과연 그랬을까. 소질이 있었더라도 후미아키는 그림과 점점 멀어졌거든. 난 집안일은 싹 다 아내한테 떠맡겼어. 죽어라 그림에만 매달리던 나와 후미아키 사이에 골이 깊어진 건 어쩌면 당연한 결과겠지. 나와의 거리가 그림과의 거리로 고대로 나타난 셈일 테니. 대화는 손에 꼽을 정도로 줄어들었고, 그러다 보니 후미아키는 어느새 대학생이 되고 사회인이 됐어. 나와는 정반대로 현실에 단단하게 발을 붙이고 살아가는 회사원일세. 나를 반면교사 삼았을지도 모르겠군. 요즘 사람치고는 가정도 일찍 꾸렸어. 후미아키가 결혼한 후로는 아내를 통해서만 소식을 들을 수 있었고. ……그러다가 3년 전에 아내가 죽고 나서는 완전히 멀어졌네. 나는 연락을 취하는 것도 피하게 됐지."

"그건 왜 그렇습니까?"

안내인의 물음에 나는 한숨을 한 번 내쉬고 나서 대답했다.

짓궂게도 밤하늘에는 보름달이 밝게 빛나고 있었다.

"아내가 죽고 반년 정도 지났을 무렵이었는데, 후미아키가 자기 집으로 나를 초대했어. 그래서 갔더니 그림 그리는 데 필요한 화구가 갖춰져 있었고, 내 방까지 준비되어 있었어. 후미아키가 그러더군. '아버지 혼자 지내는 게 걱정되니까 우리 집에서 같이 사시죠'라고……."

"그건 오바야시 씨한테 기쁜 제안이었을 것 같은데요?"

안내인의 말에 나는 고개를 옆으로 저으며 대답했다.

"……아니, 그 반대였어. 아내를 잃고 혼자 살던 내가 아들한테 그토록 걱정을 끼쳤나 싶고, 어쩐지 나 자신이 텅 빈 존재가 된 것 같더군. 게다가 하나부터 열까지 나한테 일언반구도 없이 마음대로 진행했다는 사실에 기가 막혔고……."

"그야 오바야시 씨를 위해서……."

"아니, 나는 아들한테 짐이 되고 싶지 않았어. 더구나 며느리도 있는데 불청객이 되긴 싫더라고. 그래서 다음에 만나면 또 그 이야기가 나올까 봐 내 쪽에서 연락을 끊고……."

안내인은 진지하게 이야기를 듣고 있었다.

"일부러 피했어. 그러고는 별장으로 쓰던 이 집에 들어와 살기 시작했네. 내 일은 내가 알아서 하겠다는 뒤틀린 자존심 때문일지도 모르지. 그 후로 거리는 점점 더 멀어졌고, 지금은 도저히⋯⋯. 그래봤자 이제 다 지난 일이지만."

그때까지 침묵을 지키고 있던 안내인이 입을 열었다.

"그래도, 지금 마지막 재회 시간을 이용해서 만나러 갈 수 있잖습니까?"

"⋯⋯."

"지난 일을 한 번 더 끄집어내는 게 뭐 대숩니까. 이번이 진짜 마지막 기회잖습니까. 이미 오바야시 씨는 화가로서 자신의 집대성이 될 최고 걸작을 완성했습니다. 그러니 지금은 오로지 한 아들의 아버지 자격으로 만나러 가면 되잖아요. 한 번 더 아드님을 만나러 갈 수는 없겠습니까?"

안내인의 시선이 나를 붙잡고 놓아주지 않았다.

어떻게 해야 할까.

지금, 만나러 가는 게 좋을까.

그렇지만 이제 와서 무슨 낯짝으로⋯⋯.

나는.

"⋯⋯못 가."

"오바야시 씨……."

"……이제 와서 그렇게는 못 해. 가서 뭐라고 하겠어? 난 이미 죽은 사람인데."

"……."

"좀 더 일찍 자네와 만났더라면 다른 결말을 맞이했을지도 모르지만……. 요 2년 반 동안 제대로 말을 섞어본 적도 없네. 그래 놓고 죽고 나서야 마지막 대화입네 하면서 찾아가겠다니, 늦어도 너무 늦었어……."

나는 그렇게 말을 내뱉은 다음, 안내인에게서 눈을 돌렸다.

그건 더는 이 이야기를 이어가고 싶지 않다는 나의 보잘것없는 의사 표시였다.

"……그러시군요."

내 뜻을 안내인도 알아차렸는지 천천히 의자에서 몸을 일으켰다.

"……말씀해 주셔서 고맙습니다."

그렇게 인사하고 안내인은 마지막 말을 이었다.

"그런데 오바야시 씨. '후회막급', 나중에 후회해 봤자 소용없다는 말이 있습니다만, 앞으로는 후회조차도 할 수 없게 됩니다. 마지막 재회를 마치고 현세를 떠나고 나면 미련도 남기지 못하죠. ……부디 오바야시 씨가 조금이라도 더 만족할 수 있는 최후의 시간을 보내시길 바랍니다."

"……아."

안내인은 그 자리를 떠났다.

내 옆에는 이제 아무도 없다.

3월이라도 밤에는 쌀쌀했다.

어느샌가 손끝이 곱아 있었다.

달빛에 온기가 있으면 좋겠다고 속으로 이루어질 리 없는 소원을 빈 후, 나는 조용히 집 안으로 들어갔다.

3

"어서 오세요, 오바야시 씨."

몸이 꽁꽁 얼어붙었다. 이미 자정이 지난 시간이었다. 집을 데우기 위해 난로에 장작을 넣고 불을 지폈다. 타닥타닥 소리가 났다. 얼마 안 있어 따뜻한 기운이 온 방 안에 퍼졌다.

"현재 실내 온도는 26도입니다."

파밀리아가 말했다.

"어이, 파밀리아."

"무슨 일이세요, 오바야시 씨."

나는 흔들의자에 몸을 깊숙이 묻으며 물었다.

"봄은 언제 오지?"

"올해 입춘은 2월 4일이니까 달력상으로는 한 달도 더 전에 봄이 왔습니다."

"……아냐, 그런 걸 묻는 게 아니야. 애초에 그 달력이라는 건 구력인 천보력(태양력을 채용하기 전까지 쓰였던 일본 최후의 태음 태양력. 1872년에 새로운 역법인 그레고리력으로 바뀌면서 그전까지 쓰였던 천보력(天保曆)은 구력이 되었다)을 가리키는 거니까, 1872년에 태양력으로 바꾼 후부터는 한 달 정도 차이가 난다고."

내가 유창하게 설명하자 잠시 뜸을 들이던 파밀리아가 입을 열었다.

"그건 전에 제가 알려준 거잖아요."

"그랬나?"

파밀리아는 완전히 정상으로 돌아온 것 같았다. 지금은 나와 술술 이야기를 주고받을 수 있게 됐다.

나와 대화하면서 이렇게 되받아칠 정도로 향상됐다는 사실이 무척 기쁘기도 했다.

"내게는 봄이 아직 멀리 있는 것 같군. '겨울이 오면 봄은 멀지 않으리'라는 말도 있지만."

"퍼시 셸리의 시 「서풍에 부치는 노래Ode to the West Wind」의 한 구절이네요. 기나긴 겨울을 견디며 봄을 기다리는 마음을 표현할 때도, 힘든 시기를 이겨내면 반드시 행복한 시기가 찾아온다는 예를 들 때도 사용하잖아요."

"그래, 네 말이 맞다."

내가 그렇게 말하자 이번에는 조금 긴 침묵이 이어졌다.

그러다가 파밀리아가 먼저 말문을 열었다.

"오바야시 씨는 지금 힘드십니까?"

"⋯⋯."

나는 그 질문에 뭐라 대답하지 못했다.

대신에 이번에는 내가 파밀리아에게 말을 걸었다.

"⋯⋯저기, 파밀리아."

"오바야시 씨, 왜 그러십니까?"

나는 난롯불을 응시하며 입술을 움직였다.

"⋯⋯내가, 잘못 살았던 걸까?"

"⋯⋯."

파밀리아는 아무 말이 없었다.

"파밀리아?"

"네."

파밀리아가 대답했다.

"⋯⋯나는, 어떻게 하면 좋을까?"

또 질문을 던졌다.

"무슨 말인지 잘 모르겠습니다."

파밀리아가 대답이 되지 않는 대답을 했다.

그렇지만 목적어가 없는 질문에 대한 기계다운 자연스러운 대답일 수도 있다.

"그래도 나는 한 가지는 분명히 말할 수 있어."

난로에서 타닥타닥 소리가 들렸다.

"……여기 있어도 나는 별로 외롭지 않았어."

타닥타닥.

"……어째서일까?"

타닥타닥.

"……파밀리아."

타닥타닥.

"오바야시 씨."

파밀리아가 말했다.

"모닥불에서 타닥타닥 소리가 나는 것은 나무 안의 수분이 급속히 가열되면서 수증기 폭발이 일어나기 때문이라고 합니다."

"후후……."

이런 상황에서도 당돌하게 잡다한 지식을 늘어놓을 줄이야.

나도 모르게 피식 웃음이 흘러나왔다. 기계라는 건 정말이지 도통 이해할 수가 없다.

"……또 쓸데없는 지식이 늘었군."

그렇게 말한 뒤, 이번에는 온몸의 힘을 빼고 목까지 등받이에 기댔다.

"쓸데없는 지식은 없습니다. 그냥 참고하시라고요."

파밀리아의 목소리가 아주 다정하게 들렸다.

어느새 나는 꾸벅꾸벅 졸고 있었다.

타닥타닥, 하는 소리만이 희미하게 울려 퍼졌다.

꿈을 꿨다.

꿈속에서도 꿈이라는 것을 알 수 있는, 이른바 자각몽이었다.

그 꿈속에서는 셋이 함께였다. 나와 아내와 후미아키.

그런데 나와 아내는 말년의 나이 든 모습인데 후미아키는 초등학생쯤 되어 보였다.

그날, 내 그림 중에 풍경화가 더 좋다고 말하던 날의 후미아키였다.

내가 문을 열자 이윽고 중학생이 된 후미아키가 나타났다. 후미아키는 내가 학창 시절에는 요만큼도 관심 없던 구기 종목 동아리에 들어갔다. 이미 그 무렵의 후미아키는 시간이 남아도 그림을 그리지 않게 되었다.

문은 여러 개였다. 아마 문을 하나씩 열 때마다 조금씩 성장한 후미아키가 나타나겠지.

내가 다음 문을 열지 말지 망설이는 사이에 여러 개 늘어서 있던 문이 일제히 소리를 내며 사라져 버렸다.

그러더니 문 하나만이 덩그러니 내 앞에 남았다.

꿈이라는 것을 알면서도 그 문을 여는 게 겁이 났다. 그런데 내 뜻과는 반대로 꿈속의 나는 거리낌 없이 문에 손을 갖다 댔다.

저항하기 위해 발로 버텨보려 해도 몸이 공중에 붕 뜬 것처럼 힘이 들어가지 않았다. 그 자리에서 벗어나려고 버둥거릴 때마다 발은 자꾸만 빗나갔다.

문이 열렸다. 그러자 어른이 된 후미아키가 있었다.

어느덧 장년의 얼굴을 하고 있었다. 아내의 장례식에서 봤던 얼굴이다. 후미아키는 울고 있었다.

나는 멀리서 후미아키의 옆모습을 지그시 바라보았다. 그것 말고는 할 수 있는 일이 없었다.

그러다가 손을 뻗었다.

울고 있는 후미아키를 이대로 보내서는 안 된다는 생각이 밀려왔다.

조금만, 조금만 더……, 그때 어떤 소리가 내 고막을 찔렀다.

"……씨, 아……, ……씨!"

소리가 점점 커졌다.

"……지! ……세요!"

그 소리는 윤곽을 갖추며 선명해졌다.

"일어나세요! 오바야시 씨!"

"……앗!"

그렇게 눈이 떠졌다.

집 안이었다.

여기는 작별의 건너편이 아니다.

아직 날이 밝지도 않았다.

그런데 그런 것치고는 눈앞이 밝았다.

거기다 열기까지 느껴졌다.

"오바야시 씨, 일어나세요! 위기 상황입니다!"

파밀리아가 고함을 내질렀다.

그때 나는 눈앞에 펼쳐진 광경을 보고 그만 넋이 나갔다.

"오바야시 씨! 빨리 피하셔야 합니다!"

"대체……."

불이다.

어느샌가 난롯불이 옆 담요에 옮겨붙어 불길이 치솟고 있었다.

"피하세요! 빨리! 연기를 마시지 않도록! 몸을 숙이고!"

"으응, 그래……."

파밀리아의 지시에 따라 즉시 바닥을 기는 듯한 자세를 잡았다. 하지만 나는 이미 패닉 상태에 빠져 있었다.

계속 살던 집인데도 집 구조가 도무지 생각나지 않았다. 출입

문이 어느 쪽이더라. 어느 쪽으로 나가야 하는 걸까.

"오바야시 씨, 오른쪽 대각선 방향으로 쭉 가세요! 빨리!"

파밀리아가 길을 안내해 주었다. 과연 그쪽에 정말로 출입문이 있었다. 다행히 그쪽은 아직 불길에 막히기 전이었다.

"헉헉……."

저절로 호흡이 거칠어졌다. 뛰지도 않았는데 심장 박동이 빨라졌다.

"진정하세요! 거의 다 왔어요! 오바야시 씨!"

그 소리를 듣자 흥분이 가라앉는 것을 느낄 수 있었다.

파밀리아의 목소리가 내 마음을 진정시켜 준 것이다.

"허억, 허억……."

문 앞에 도착하기 무섭게 있는 힘껏 문을 열고 밖으로 뛰쳐나갔다.

단번에 폐 밑바닥까지 신선한 공기로 가득 메웠다. 지붕에서는 뭉게뭉게 연기가 치솟기 시작했다.

"아……."

그저 망연히 그 광경을 지켜보는 수밖에 없었다.

이 상황에서 늙은이 혼자 할 수 있는 일은 아무것도 없었다.

생각해 보니 나는 더 이상 잃을 것이 하나도…….

"아니지……."

불쑥 어떤 게 머릿속을 스쳤다.

"그림이……."

내가 죽은 후에도 작품은 남는다.

「생명의 봄」.

말 그대로 내 목숨을 걸고 완성한 마지막 작품이 아직 집 안에
있다.

"이럴 수가……."

불길이 걷잡을 수 없이 번져 나갔지만 꾸물거릴 틈이 없었다.

들어가야 한다.

나는 각오를 다지고 집 안으로 뛰어 들어갔다.

곧바로 숨이 콱콱 막히는 열기가 나를 덮쳤다. 숨도 제대로 쉴
수 없었다.

몸을 숙이고.

입을 막고.

정신없이 팔과 다리만 움직였다.

찾았다.

내게 이 세상 그 무엇보다 소중한 것.

그렇다, 목숨보다 더.

"앗, 뜨거!"

뜨거워도 참고 팔을 뻗었다.

간신히 손이 닿았다.

그러고는 품에 꽉 안았다.

당연하게도 열기가 들러붙어 있었다.

그렇지만 불에 타지는 않았다.

겉모습은 변함이 없었다.

"흐읍!"

숨을 참고 출입문까지 냅다 내달렸다.

"헉헉……."

이번에도 무사히 집 밖으로 나올 수 있었다.

스프링클러는 그러고도 한참 후에야 물을 뿜어댔다.

불길이 서서히 사그라들었다.

까딱 잘못하다가는 죽을 뻔했다.

지금까지 기다리고 있었더라면 돌이킬 수 없었으리라.

　몸에서 힘이 빠져나가자 품안에 안겨 있던 것이 바닥에 뚝 떨어졌다.

　그러자,

　그가 입을 열었다.

　"……왜 그러셨어요?"

"뭐가?"

"소중한 그림이 아직 집 안에…….."

그 말에 나는 대답 대신 눈웃음만 보였다.

"……네가 무사해서 다행이다, 파밀리아."

내 옆에는 파밀리아가 있었다.

내가 불길에 휩싸인 집 안으로 들어가 죽을힘을 다해 구해 온 것은 파밀리아였다.

집 안에 있는 그림은 불에 탔거나 물에 젖어서 아주 엉망이 됐을 것이다.

그렇지만 나는 내 인생의 끝자락에서 실로 소중한 것을 찾았다.

"……더 이상 잃고 싶지 않았거든."

인연.

"너는 나에게 소중한 존재란다."

"……오바야시 씨."

사람은 누군가와 맺어질 때 비로소 살아 있음을 실감할 수 있으리라.

대부분은 가족이나 친구나 연인 같은, 사람과 사람의 연결일 것이다.

그러나 나와 인연을 맺어준 것은 파밀리아였다.

깊은 숲속에서 보내는 고독한 밤도.

태풍의 영향권에 들어 비바람이 몰아치던 날도.

천둥소리가 우르릉거리던 날도.

살이 타들어갈 것 같았던 여름날도.

추위가 살갗을 파고드는 듯한 겨울철도.

파밀리아가 내 곁을 지켜 주었다.

그랬기에 나는 여기서 혼자 지내도 외롭지 않았다.

아니, 나는 혼자가 아니었다.

진작부터 파밀리아는 내게 소중한 존재였다.

"고맙다, 파밀리아."

"오바야시 씨……."

파밀리아가 입술만 달싹거리듯 작은 소리로 말했다.

나는 파밀리아를 똑바로 응시했다.

그 눈길에는 뭔가를 확인하고 싶은 마음이 담겨 있었다.

어차피 이렇게 된 마당이니 갈 데까지 가보자 싶기도 했다.

나는 가슴속에 부풀어 오른 생각을 입 밖으로 밀어냈다.

"너는……."

그것은 조금 전에 내가 깨달은 한 가지 진실에 관해서였다.

지금까지의 일상생활에서도 아주 조금이나마 의문이 싹트고 있었다.

그렇지만 알아차리지는 못했다.

한편으로는 짐짓 모른 체하고 싶었는지도 모른다.

그랬는데 이 순간, 의심이 확신으로 바뀌었다.

그리고 지금이야말로 그 문제의 답을 맞춰보기에 가장 좋은 때라는 생각이 들었다.

"……후미아키냐?"

나는 파밀리아를 빤히 쳐다보며 물었다.

파밀리아가 띠릭, 하며 한차례 음성이 끊기는 소리를 냈다.

그러더니 지금까지 파밀리아가 한 번도 낸 적 없는, 온기가 묻어나는 목소리가 흘러나왔다.

"……아버지."

그것은 틀림없이 후미아키의 목소리였다.

"……다 알고 있었어요?"

파밀리아 아니, 후미아키가 그렇게 물었다.

"다 알고 있기는 무슨. 좀 전에 확신이 들었지……."

정말이지 우연이 거듭된 결과였다.

"불이 났을 때 '……씨, 아……, ……씨!' 하고 부르는 게 '아버지'로 들렸거든. 처음에는 꿈속에서 일어난 일과 헛갈렸나 긴가민가했는데, 그건 분명 나를 아버지라고 부르는 목소리였어."

"그때는…… 필사적으로……."

후미아키는 그렇게 대답하고 처음에 파밀리아를 통해 나와 대화하기로 마음먹었을 때의 이야기를 들려주었다.

후미아키는 아내를 먼저 보내고 혼자 된 나를 밤낮 걱정했다. 한집에서 같이 살고 싶었지만 너무 서두르는 바람에 뜻대로 풀리지 않았다.

내가 같이 살기를 거부하자 이번에는 죽이 되든 밥이 되든 어디 한번 해보자 하는 심정으로 이 스마트 스피커를 보냈다.

그 뒤로 시간은 좀 걸렸지만 내가 이 집에서 스마트 스피커를 사용하기 시작했다. 그래서 이걸로 대화를 하기로 마음먹었다.

"맨 처음 네가 말을 걸었던 건 태풍이 왔던 날이었지?"

"예, 맞아요. 태풍이 너무 걱정돼서……."

"그랬구나……."

역시 그랬다.

그날 밤, 세상에 홀로 떨어져 있는 것 같았던 내게 말을 걸어준 것은 후미아키였다.

어마어마한 태풍이 불어닥쳤던 그날 밤부터 이 스피커를 통해 우리는 이어져 있었다.

"평소에는 잘도 떠들어 대다가 이따금 평일 낮에 대화를 이어가지 못했던 건, 기계 시스템 관리 때문이 아니라 네가 자리에 없어서 그랬겠지."

"······다 꿰뚫어 보고 있었네요. 맞아요, 평일 낮에는 일 때문에 자리를 비울 수밖에 없어서. 그런데, 그렇게 수다스러웠어요? 고성능 AI 수준에 맞추려고 노력한 건데."

"가끔은 기계에 젬병인 내가 들어도 의심스러울 만큼 청산유수였다."

그렇게 말하자 후미아키가 풋 하고 웃었다.

그렇지만 그것도 지금이니까 할 수 있는 말이었다. 나는 날마다 학습을 통해 회화 능력이 향상됐으리라고 철석같이 믿고 있었으니까.

더구나 대화 상대가 후미아키일 거라고는 상상도 못 했다. 진실을 알게 된다는 것은 파밀리아와의 시간을 잃는다는 것을 의미한다. 그래서 나는 깊이 생각하지 않기로 했다. 이대로 이 시간을 조금 더 이어 나가고 싶었다.

가족과 이어지고 싶었던 것은 어쩌면 내 쪽이었는지도 모른다.

그리고 그 연결 고리를 만들어준 것은 후미아키였다.

나는 후미아키에게 아무것도 해주지 못했거늘······.

"미안하다. 아니지, ······고맙다, 후미아키."

갑자기 눈물이 터지는 바람에 목소리가 갈라졌다.

이미 일흔이 넘은지라 눈물도 한참 전에 말라버린 줄 알았다.

그런데 이 순간 눈물이 왈칵 쏟아지더니 멈출 줄을 몰랐다.

후미아키는 내가 우는 것보다도 내가 솔직하게 "고맙다"라고 해서 놀란 눈치였다.

"아버지한테 그런 말을 듣게 될 줄은 몰랐어요. 오히려 계속 속였다고 노발대발하지 않을까 싶었거든요."

"그래, 속긴 속았지. 그렇지만 이런 거짓말은 나쁘지 않아. 안 그랬으면 나는 끝까지 후회를 가슴에 품고 살았을 테니까……."

"……나도 아버지한테 내내 고맙다는 말을 못 하고 살아서 후회했어요."

"뭐라고?"

그러자 후미아키가 옛날 일을 이야기하기 시작했다.

그건 후미아키에게 아무것도 해주지 못해 가슴에 맺혀 있던 응어리를 지금 당장 이 자리에서 깨끗이 풀어주는 듯한 내용이었다.

"……어렸을 때, 그 그림 속 소년은 나였죠? 아버지가 나를 위해서 그려준 인물화였잖아요. 학교생활에 적응 못 하고 친구도 못 사귀던 내가 닭 사육장 옆에 있던 모습을 그렸잖아요."

후미아키는 계속 말을 이어 나갔다.

"아버지가 마음을 써줘서 기뻤어요. 진짜 감동했어요. 나를 그렇게 지켜보고 있는지 몰랐거든요. ……그래도, 그것보다 아버지가 자유롭게 그림을 그리길 바라는 마음이 더 컸어요. 그래서 풍경화가 더 좋다고 말했던 거고. 그렇지만 말로 표현할 수 없을 만큼 기뻤던 건 사실이에요. 그때 고맙다는 말을 못 하고, 이렇게 돌고 돌아 여기까지 왔네요……."

나는 모르고 살았다.

어릴 때부터 후미아키가 그런 것까지 염두에 두고 있었다는 걸 알지 못했다.

내 그림에까지 마음을 쓰고 있었다니.

역시 아무것도 모르고 살았던 건 나였다.

파밀리아가 누구인지 알아차린 것도 최후의 순간이었다.

그렇지만 덕분에 이렇게 마지막 재회를 할 수 있었다.

"고맙다, 후미아키."

나는 한 번 더 깊은 감사의 말을 전했다.

"고맙습니다, 아버지……."

후미아키도 되풀이하듯 그렇게 말했다.

기분이 이상했다.

꿈을 꾸는 것만 같았다.

나는 목숨을 잃었고, 마지막 안식처와 내 생애 최고 걸작이 됐을 그림마저 빼앗겼다.

그런데도 가슴속 깊은 곳까지 벅찬 행복감으로 가득 찼다.

후미아키가 말을 이었다.

"지금 그쪽으로 갈 테니까 기다리세요. 여기서 출발하면 시간은 좀 걸리겠지만, 새벽녘에는 도착할 거예요."

"……그래, 알았다."

"그럼, 이따가 봐요. 얘기도 실컷 하고요."

"……그러자꾸나."

스피커 소리가 끊어지더니 파밀리아는 더 이상 아무 소리도 내지 않았다.

파밀리아도 임무를 완수한 것이다.

"고맙다, 파밀리아."

파밀리아가 나와 후미아키를 이어 주었다.

아무 소리를 내지 않아도 파밀리아가 소중한 존재라는 사실은 변하지 않는다.

"……자, 이제 내 차례군."

웃샤 하며 자리에서 일어나 불길이 닿지 않고 살아남은 창고 문을 열었다. 창고 안에는 예비로 마련해둔 화구가 들어 있다. 새하얀 캔버스와 데생용 연필. 이것만 있으면 충분하다.

"좋았어."

얼마 안 되는 도구를 꺼내 들고 마당으로 가서 앉았다.

그리고 데생을 시작했다.

불이 완전히 꺼졌는데도 바깥은 여전히 환했다.

아름다운 달이 캔버스 안으로 빨려 들어갈 듯한 기세로 빛을 떨어뜨리고 있었기 때문이다.

"오랜만이군……."

나도 후미아키에게 거짓말을 해버렸다.

"……어디 한번 해볼까."

그렇지만 이걸로 파밀리아 일과 비겼다고 생각하고 용서해 주길 바란다.

후미아키가 여기 도착할 즈음이면 나는 이미 여기 없겠지.

그래도 괜찮다.

후미아키, 슬퍼할 거 없다.

눈물도 흘릴 거 없어.

왜냐하면, 나는 행복했거든.

인생의 마지막 순간에 일평생 가장 찬란한 한때를 맞이했다.

고독하지 않았다.

내 옆에는 소중한 존재가 항상 함께 있었다.

캔버스 위에 연필을 미끄러뜨렸다.

연필로 그은 선이 겹치며 인물의 윤곽이 나타나더니 세 사람의 생명이 탄생하려 하고 있다.

나와 아내, 그리고 후미아키.

내가 그린 인물화는 칭찬을 별로 들어보지 못했지만, 이 그림은 내 생애 최고 걸작이 분명하다.

　이 그림은 내가 후미아키에게 작별 선물로 남기는 마지막 데생
이니까.

4

좀 전의 환한 달빛이 거짓이었던 양 다시 눈을 뜬 오바야시 앞에는 흐릿한 유백색 공간이 펼쳐져 있었다.

"돌아왔군……."

이번에는 지금 상황을 바로 이해할 수 있었다.

눈앞에는 안내인이 서 있었다.

오바야시의 말을 듣고 안내인은 고개를 까딱해 보였다.

"예, 그리고 오바야시 씨가 가족을 그린 마지막 데생은 후미아키 씨에게 무사히 전달됐습니다."

"그래야지, 프로는 마감을 어기지 않는 법이거든."

강한 척하는 오바야시의 말에 안내인이 살며시 미소를 지었다.

"과연 화가 오바야시 이사오이십니다."

"……화가 따위의 지위는 아무 의미도 없어. 한낱 호칭일 뿐."

오바야시는 웃으며 말을 받았다.

오바야시의 표정에서는 개운함마저 느껴졌다.

처음에 이곳 작별의 건너편을 찾아왔을 때와 달리 지금은 악령이 떨어져 나간 듯한 얼굴을 하고 있었다.

"……안내인, 아까는 자네를 난처하게 만들어서 미안했네."

"아아, 저는 전혀 신경 안 씁니다. 자주 있는 일이라서."

"아니라고는 안 하는군."

"앗, 무심코 본심이 튀어나오고 말았네요."

그렇게 말하며 안내인이 웃음을 터뜨리자 오바야시도 따라 웃었다.

오바야시가 보기에 이 안내인은 역시 독특한 인상을 풍기는 사내였다. 얼이 빠졌다기보다는 어쩐지 내면에서 초연한 느낌이 흘러나오는 것 같았다. 목가적이라는 말도 잘 어울렸다. 외모는 자기 아들보다 더 어려 보이는데, 흡사 동년배와 이야기하는 기분이 들었다.

그런 까닭에 지금 이렇게 최후를 맞이하는 순간에도 마음이 잔잔한지도 모르겠다.

"……이제 나는 어떻게 되나?"

오바야시는 안내인에게 앞으로 어떻게 되는지 물었다. 이제 미런이 하나도 남지 않았다는 뜻을 나타내듯이.

"지금부터 오바야시 씨는 최후의 문을 통과해 새로 태어나게 됩니다."

"최후의 문……."

"예. 인연이 닿으면 또다시 지금의 가족과 만날 수 있을지도 모릅니다. 그렇더라도 제가 안내할 수 있는 건 여기까지입니다."

그렇게 말하면서 안내인이 손가락을 딱 튕겼다.

그러자 이번에는 페인트로 매끈하게 칠한 듯한 흰색 문이 눈앞에 떠올랐다.

오바야시는 우아한 순백색 문에서 성스러움마저 느낄 수 있었다.

안내인이 마지막으로 오바야시에게 질문을 던졌다.

"오바야시 씨, 한 가지 마음에 걸리는 게 있습니다만……."

"그래, 뭔가?"

"괜찮으시면 후미아키 씨에게 남긴 마지막 데생의 제목을 가르쳐 주시겠습니까?"

"제목이라……."

안내인이 파밀리아와 같은 질문을 했다.

그러고 보니 아직 제목을 정하지 않았다. 하지만 오바야시는 고민하지 않고 곧바로 대답했다.

"「가족」일세."

"「가족」······."

"너무 흔한가?"

오바야시가 일부러 짓궂게 묻자 안내인은 도리질을 해보였다.

"대단히 멋진 제목이라고 생각합니다."

"······그런가, 그럼 다행이군."

"정말 절묘합니다."

"그야 가족을 그린 인물화니까."

"아뇨, 그뿐만이 아닙니다."

"그뿐만이 아니라고?"

의아해하는 오바야시의 얼굴을 보며 안내인이 온화한 말투로
말했다.

"'파밀리아'는 타갈로그어로 '가족'이라는 뜻이거든요."

"······그렇군."

오바야시는 최후의 문에 손을 올린 채 아주 부드럽게 말했다.

"······또 쓸데없는 지식이 늘었군."

오바야시는 눈썹을 내리고 빙긋 웃으며 최후의 문을 열었다.

제2화

내일로 보내는 편지

1

엄마가 떠난 지 한 달 반이 지났다.

갑자기 닥친 일이었다.

엄마는 우리 가족에게 말도 안 하고 혼자 산에서 패러글라이딩
을 즐기다가 사고로 세상을 떠났다.

엄마가 죽었다는 소식을 들었을 때도 나는 눈물이 나지 않았다.

다른 집 엄마들에게는 좀처럼 볼 수 없는 방식으로 최후를 맞
이했다는 사실에 놀란 마음이 슬픔보다 더 컸기 때문이다.

그렇다고 그 말이 거짓말이라고는 눈곱만큼도 생각하지 않았다.

우리 엄마라면 산이고 바다고 물불 안 가리고 돌아다니고, 마
음대로 혼자 패러글라이딩을 하러 가도 이상할 게 없었다.

엄마는 신출귀몰한 사람이었다.

지금도 어디선가 불쑥 나타나지 않을까 싶을 정도였다.

2

　

"'거울 경'에 '꽃 화'를 써서 교카(鏡花), 예쁜 이름이지? 내 이름
이지만 마음에 들어."

　엄마는 종종 그렇게 말했다.

　그런 다음 내 이름에 관해 이야기하는 것도 좋아했다.

　"네가 태어났을 때, 마침 벚꽃이 활짝 피어 있었거든. 그래서 사
키(咲季)라는 이름이 잘 어울리겠다 싶었지."

　그 말에 내가 "'필 소'자 하나만 있어도 '사키'라고 읽을 수 있잖
아? '계절 계'자는 대체 어디서 가져온 거야?" 하고 물으면 엄마
는 언제나 "한자도 하나만 있는 것보다 둘이 나란히 있으면 안 외
롭고 좋잖아"라고 대답했다. 솔직히 그 대답을 들어도 전혀 와닿
지 않았지만, 남동생 이름은 마모루(眞守)에 아빠 이름은 가즈오

(和男)니까 전부 한자로 두 글자씩이긴 했다.

그래서 그렇게 지었나.

그래서라니, 뭘 납득하고 그러는 거지?

역시나 나는 잘 이해가 되지 않았다.

"할머니는 한자 두 글자가 아닌데?"

"할머니는 가타카나 두 글자로 '레미'라서 하나도 안 외롭거든. 이왕이면 맨 앞에 '도'를 붙였으면 훨씬 신나는 이름이 됐겠지만."

그렇게 말하고 나서 엄마는 도레미 음정이 올라가듯 유쾌하게 웃었다.

돌이켜 보니 그런 대화를 주고받았던 건 엄마가 피아노 교실에 다니기 시작했을 무렵이었다.

이유는 몰라도 엄마는 내가 초등학교 5학년에 올라갈 즈음부터 이것저것 배우면서 취미 생활을 시작했다.

"오바야시 이사오의 개인전을 본 후로 예술에 눈을 떴어."

엄마는 그렇게 말하며 쓰다누마의 유자와야(일본 전역에 체인점이 있는 수예용품 전문점으로, 원예, 공작, 미술 등 취미 관련 용품과 옷 등을 판매한다)에서 화구 세트를 사고 수채화 교실에 다니기 시작하더니, "엄마로서 레벨을 한 단계 더 올려야겠어"라며 수예 교실과 요리 교실까지 다녔다.

그러더니 점점 영역을 확장하며 그다음에는 음악 분야에 도전해 기타와 피아노를 배웠고, 훌라 댄스, 스포츠 클라이밍, 카포에라 등 몸을 움직이는 쪽으로도 적극적으로 뛰어들었다.

단, 빨리 끓었다가 빨리 식는 냄비 같은 사람이어서 한 가지 분야에 진득하게 매달리지 못하고 어느 정도 기초를 습득했다 싶으면 훌훌 털고 다른 쪽으로 옮겨갔다.

그런데 이걸 엄마의 재능이라고 해야 할지, 아니면 여러 가지 취미 생활을 즐기다 보니 저절로 그렇게 됐는지 모르겠지만, 하여튼 엄마는 뭐든지 금세 익혔다. 그중에서도 유달리 두각을 드러낸 건 서예였는데, 시작한 지 석 달 만에 대회에 나가 동상을 받아 왔다. "금과 같다는 뜻으로 동(銅)이라고 하지만, 그래도 이왕이면 금이 더 좋은데"라며 뻔뻔스럽게 웃던 엄마의 얼굴을 지금도 생생히 기억한다.

무슨 일이든 저돌적으로 달려드는 엄마의 성격은 취미뿐 아니라 우리 가족의 생활에까지 영향을 끼쳤다.

"앞으로는 바다가 보이는 집에서 살고 싶어."

엄마의 절대적인 그 한마디에 온 가족이 이사를 한 적도 있었고, "누군가를 돕는 일을 하고 싶어"라며 느닷없이 직업을 바꾸기도 했다. 정작 우리 가족은 엄마의 언행에 휘둘리기만 하고 도움을 받지 못하는 처지였지만, 그래도 우리는 언제나 호시노 집안의 중심에 서 있던 엄마를 제일 의지하며 지냈다. 어떤 상황에서도 호령하는 역할은 엄마의 몫이었고, 그랬기에 우리 집에서 일어나는 일 중 열에 아홉은 엄마가 결정했다.

한편 아빠는 성실함의 대명사 같은 사람이다. 남동생도 그 나이에 걸맞게 건전과 불건전이 뒤섞인 평범한 사춘기 남자 중학생이고, 나도 아주 보통의 여고생이다. 여든 살이 넘은 할머니 역시 치매가 진행 중이긴 해도 평범하게 하루하루를 살아가고 있다. 다시 말해, 우리 가족 중에서 엄마만 혼자 특별한 존재였다.

"너희 엄마, 귀신같이 나타났다가 귀신같이 사라졌어."

초등학교 6학년 때 옆자리 남자애가 그렇게 말했던 일은 지금도 잊히지 않는다. 그 남자애가 다니는 가라테 교실에 엄마가 불쑥 찾아왔다고 했다.

엄마에게는 신출귀몰이라는 말이 딱 맞았다. 가족에게는 상황이 끝나고 나서야 말하는 경우가 많아서 엄마가 어디에 모습을 드러낼지 우리도 예상할 수 없었다.

그리고 이런 식으로 헤어지게 되리라는 것도 꿈에도 생각지 못했다.

엄마는 우리 가족 앞에서 완전히 모습을 감춰 버렸다.

아빠는 전보다 더 말수가 적어졌다.

남동생은 처음에는 혼자 숨어서 울기도 했지만 이제는 울지 않는다.

그렇다고 웃지도 않는다.

할머니는 거의 그대로다. 아마도 치매 때문이겠지. 습관처럼 매일 TV만 본다. 몇 년 전에 녹화한 지바 지역 정보 프로그램만 계속 보고 있다.

그리고 이유는 모르지만 아직까지 나는 눈물 한 방울 흘리지 않았다.

슬프지 않다면 거짓말이다. 엄마가 이 세상에 없다는 사실을 머리로는 이해하지만, 가슴으로는 아직 받아들이지 못했을지도 모르겠다. 그건 엄마의 몸이 움직임을 멈추고 유골만 남은 지금도 마찬가지였다.

현재 엄마의 유골은 유골함에 넣은 채로 집에서 보관하고 있다.

사십구재와 납골이 바로 내일로 다가왔다.

내일, 엄마의 유골은 호시노 집안 가족묘에 묻히게 된다.

그 일이 차근차근 진행되고 있었다.

그런데 그런 상황에서 마모루가 불현듯 생각났다는 듯이 한마디 했다.

"아, 맞다. 엄마가 죽은 후에 무덤에는 들어가기 싫다고 했는데."

금시초문이었다.

"……그게 사실이냐?"

한숨을 섞어 그렇게 물은 사람은 아빠였다. 어쩐지 오랜만에 아빠 목소리를 들은 기분이었다. 그렇지만 그 목소리는 여전히 생기가 부족한 느낌이 들었다.

"응. 할머니랑 엄마랑 셋이 드라마를 보고 있었는데, 때마침 성묘하는 장면이 나왔거든. 그때 엄마가 '나는 죽은 후에 무덤에는 들어가기 싫어'라고 했었어."

"어쩌자고 바로 전날 그런 말을……."

아빠가 시선을 바닥으로 떨어뜨리며 못마땅해했다.

"……지금 생각났으니까 그렇지."

마모루는 조금 미안해하며 대꾸했다.

"엄마가 진짜 그렇게 말했다고?"

"진짜라니까. 무덤은 사람들이 자주 안 오니까 외롭고, 왠지 모르게 으스스한 느낌이 들어서 싫댔어. 엄마는 왁자지껄한 걸 좋아하는 사람이잖아. 할머니도 같이 들었으니까……."

그렇게 설명하면서 마모루가 할머니를 가리켰다.

확실히 엄마가 축제처럼 사람들이 북적거리는 곳을 좋아하는 것은 사실이지만, 마모루가 하는 말만 듣고 믿기는 뭔가 좀 부족했다.

"할머니, 엄마가 진짜 그랬어?"

"……."

할머니는 선뜻 반응을 보이지 않았다.

그러다가 뒤늦게 생각났다는 듯이 말문을 열었다.

"……후지이(일본의 장기 기사 후지이 소타. 만 14세의 나이에 최연소로 4단에 올랐고, 그 후로도 계속 승승장구하며 2023년 6월에는 7관에 올랐다) 4단이 말이지, ……참 대단해."

질문과 대답이 따로 놀았다.

"……진짜라니까."

마모루가 힘없이 중얼거렸다.

치매 때문인지 요즘 들어 할머니는 종종 대화가 어긋난다. 한두 박자 늦게 대답할 때도 있고, 조금 어렵다 싶은 질문에는 무조건 이렇게 둘러댔다. 거기다 수년 전에 녹화한 지역 정보 프로그램을 허구한 날 돌려보는 탓에 할머니의 기억 속에서 후지이 기사는 4단에 머물러 있었다.

"할머니, 후지이 4단은 이제 5관이야."

그럴 때마다 제대로 알려주는 게 내 역할이기도 했다.

"……어머나, 굉장하구나, ……후지이 4단은."

아무래도 할머니는 말뜻을 이해하지 못한 듯 그렇게 말하더니 전용 TV가 있는 자기 방으로 돌아갔다.

"……할머니가 뭐라든, 나는 확실히 들었어."

마모루가 한 번 더 못을 박았다.

"그래……."

이번에도 아빠의 입에서는 한숨 섞인 목소리가 새어 나왔다. 그러고는 멍하니 천장만 쳐다보았다.

아빠는 지금 무슨 생각을 하고 있을까. 나는 이럴 때 어떻게 해야 할지 알지 못한다. 집안일은 대부분 엄마가 결정했다. 살 집도, 생활 방식도, 우리 집의 규칙도.

어쩌면 아빠도 지금 난처해하고 있을지도 모른다. 엄마한테서 자기 유골을 어떻게 할지 직접 얘기를 들었다면 상황이 달라졌겠지만…….

나도 뭐라 할 말이 없었다.

어쩌면 좋을까.

그때 방으로 들어갔던 할머니가 다시 나왔다.

"할머니, 무슨 일이야?"

내가 그렇게 묻자 할머니가 뭔가를 내밀었다.

"이거……."

우리는 시선을 모았다.

"유언장이다."

하얀색 봉투에 유언장이라고 적혀 있었다.

그때까지 나는 엄마가 유언장을 남겨 놨으리라고는 꿈에도 몰랐다. 패러글라이딩을 배우기 전에 번지 점프며 스카이다이빙까지 배웠으니까 위험하다 싶었을지도 모르겠다.

그래서 준비한 걸까. '유언장'이라 적힌 봉투를 실제로 보니까 더럭 겁이 났다. 몸이 부르르 떨렸다.

하지만 엄마의 유언장이라는 것은 한눈에 알아볼 수 있었다.

왜냐하면 '유언장'이라는 세 글자가 엄마가 서예 교실에서 배운 달필로 휘갈겨 쓴 게 확실했으니까.

"⋯⋯마모루, 열어봐라."

아빠는 거기 적힌 내용을 직접 보기가 무서웠는지 마모루를 재촉했다. 마모루는 "왜 나야"라고 구시렁대면서도 천천히 봉투를 열어 내용물을 꺼냈다.

유언장 같은 건 드라마나 영화에서만 봤다.

대체 엄마는 유언장에 뭐라고 썼을까. 가족에게 전하는 작별 인사? 아니면 재산 분배? 그렇지만 우리 집에 재산이 있을 리가 없잖아. 그럼 도대체 엄마는 무슨 내용을 썼을까. 나는 아빠의 기분을 잘 알 것 같았다. 나도 지금 거기 적혀 있을 엄마의 유언을 확인하려니 조금 무서워졌다. 엄마가 죽음을 의식하고 글을 썼다고는 꿈에도 생각지 못했기 때문이다.

그런데 거기 적혀 있는 것은 너무도 싱거운 한마디였다.

혹시 내가 죽으면 외롭고 컴컴한 무덤 속에는 넣지 마세요.

이 한 줄이 빼어난 글씨체로 적혀 있었다.

"마모루, 뭐라고 적혀 있어?"

아빠는 아직 이 문장을 보지 못했다.

마모루가 종이에 적혀 있는 대로 빠르게 읽었다.

"혹시 내가 죽으면 외롭고 컴컴한 무덤 속에는 넣지 마세요."

"……그리고?"

"이게 다야."

"그게 다라고?"

"응."

"그렇군……."

이제 아빠는 한숨 섞인 목소리가 아니라 진짜 한숨을 내뱉었다.

그리고 마모루는 뻐기는 듯한 어조로 "내 말이 맞잖아"라고 말했다.

그렇게 우쭐대고 싶은 기분을 모르는 바는 아니었다. 좀 전에 마모루가 했던 말 그대로였으니까. 그런데…….

"유언장은 원래 이런 거야?"

머릿속에 떠오른 궁금증이 저절로 입 밖으로 튀어나왔다.

그러나 그 질문에 대한 대답은 아무도 갖고 있지 않은지 하나같이 얼떨떨한 표정을 짓기만 했다.

그런데 바로 그때 그보다 더 마음에 걸리는 문제가 한 가지 떠올랐다.

"……할머니, 이 유언장 어디서 찾았어?"

유언장의 출처였다.

생전에 엄마가 할머니에게 유언장을 맡겼던 걸까.

"……방금."

할머니는 겨우 그렇게만 대답했다.

방금이라니, 그게 무슨 말이지?

"방금? 어디서?"

"있었어……."

"있었다니, 어디에 있었는데?"

"있었어……."

할머니는 똑같은 말을 되풀이했다.

나는 할머니가 이번에도 질문의 의도를 파악하지 못했다고 생각했지만 그게 아니었다.

뒤늦게 할머니의 말뜻을 알아차렸다.

"……설마, 할머니, 엄마 만났어?"

"뭐어?"

마모루가 그게 말이 되냐는 표정으로 나를 쳐다봤지만, 할머니는 고개를 끄덕였다.

내 말이 백 퍼센트 맞는다는 듯이.

"……할머니, 엄마랑 만났어?"

나는 할머니에게 한 번 더 확인했다.

"……그래, 교카를 만났지."

할머니는 방긋 웃으며 그렇게 대답했다.

3

"할머니는 과거의 기억이 뒤죽박죽 섞여서 헷갈리는 것뿐이야. 그 유언장은 한참 전에 엄마한테 받았고, 어디 다른 데 뒀다가 좀 전에 찾았겠지."

그날 밤에 나는 마모루의 방으로 갔다.

조금 전까지 갑자기 나타난 유언장을 놓고 가족회의를 했다. 내일 납골 문제를 어떻게 하느냐가 핵심이었지만 결국 결론은 얻지 못했다.

그런데 내 걱정은 그게 다가 아니었다.

한 가지 불안감이 나를 죄어와, 마모루에게 꼭 확인하고 싶었다.

"그건 그런데……."

"그건 그런데, 뭐야, 할머니가 진짜 엄마 유령이라도 만났다고 생각하는 거야? 유령 같은 걸 믿는 사람이었어?"

"미, 믿는 건 아닌데, 그런 일도 가능하지 않을까."

"착각이야, 착각."

마모루는 손을 옆으로 내저으면서 완강하게 부인했다.

"……그치만, 한 가지가 마음에 걸려."

나는 내가 느낀 불안감의 정체를 털어놓기로 했다. 혼자만의
생각이 아니라 객관적인 의견이 필요했다.

"마음에 걸린다고?"

"엄마가 유언장을 남겼다는 게 놀랍지 않아?"

"……하긴, 나도 유언장은 생각도 못 했어."

"굳이 할머니한테 맡겼다는 것도 이상하잖아."

"……그러게, 미리 맡겨 뒀다는 것도 이상하고."

"혹시 말이야……."

내가 여태껏 이 말을 가슴에 묻어둔 데는 사정이 있다.

아빠 앞에서는 꺼내고 싶지 않았다.

"……엄마가, 자살한 건 아니겠지?"

"말도 안 돼."

마모루는 내가 말을 끝내기 무섭게 아니라고 부정했다.

"자살할 사람이 맨날 그렇게 파워풀하게 움직이면서 여기저기
돌아다닌다고? 쉴 새 없이 움직이다가 과로로 죽었다면 몰라도."

"역시 그렇겠지……."

마모루는 아까 유령의 존재를 부인할 때처럼 현실주의적인 면이 있다. 나와는 사고방식이 달라서 의지가 되기도 한다. 객관적인 의견이 필요하다고 했지만, 내심 누가 내 안의 의심을 부정해주길 바랐는지도 모르겠다.

"고마워, 그렇게 말해줘서……."

"고맙긴 뭘. 엄마도 참 대단하지 않아? 죽어서까지 우리 가족을 좌지우지하잖아. 나는 죽고 나면 어디에 들어가든 똑같을 것 같은데. 죽어서 뼈만 남으면, 다 끝난 거 아닌가?"

"끝이라니……. 영혼 같은 게 있을지도 모르지."

"영혼은 없어. 자아라는 건 그냥 뇌의 의식이거든. 뇌가 멈추면 사람은 끝이야."

" ……아는 것도 많네, 중학생 주제에."

"중학생이니까 아는 거거든."

"너 음모론 같은 거 좋아하지?"

"안 좋아하거든!"

마모루는 기겁하는 얼굴로 몸서리를 쳤다.

"넌 죽으면 어떡할래? 너도 무덤에는 들어가기 싫어?"

"들어가든 안 들어가든 상관없어. 무덤도 만들거나 말거나 관심 없고."

"뭐야, 그게."

"나는 죽었으니까 상관없잖아."

"무슨 말이 하고 싶은 건데?"

"무덤이나 장례식 같은 건 이 세상에 남겨진 사람을 위한 거잖아."

"……어른스럽게도 말하네, 중학생 주제에."

"중학생이니까 어른스러운 거야. 무리해서라도 애쓰고 싶은 나이거든."

"너, 외국 인디밴드 노래 같은 거 듣지?"

"……무슨 상관이야."

이번에는 정곡을 찔린 모양이다.

그렇지만 나와 반대되는 의견을 말해주는 마모루가 있어서 위로를 얻은 기분이 드는 것도 사실이었다.

"그렇게 말하는 거 보니까, 넌 유령 같은 건 절대 안 믿겠지?"

"절대 안 믿는 건 아니었는데, 오늘 유령이 없다는 걸 깨달았어."

"오늘 깨달았다고?"

"응."

"왜?"

마모루는 한 박자 뜸을 들이다가 대답했다.

"진짜 유령이 있다면, 엄마가 나랑 누나를 만나러 왔을 테니까."

그렇게 말하는 마모루의 얼굴 위로 쓸쓸한 표정이 떠올랐다.

마모루의 대답을 들은 나는 아무 말도 할 수 없었다.

내 방에 돌아오고 나서도 좀처럼 잠이 들지 못했다.

마모루가 한 말이 머릿속을 빙빙 돌아다니는 사이 어느새 새벽 4시가 가까워졌다. 오늘은 날짜가 바뀌어 일요일이니까 학교는 안 가도 되지만, 그래도 잠이 오지 않으면 왠지 마음이 괴롭다.

'진짜 유령이 있다면, 엄마가 나랑 누나를 만나러 왔을 테니까.'

아까 마모루에게 들었던 말이 뇌리를 맴돌았다.

백 퍼센트 동의한다. 할머니 앞에 나타날 거였으면, 마모루와 나와 아빠 앞에도 나타날 수 있다는 말이다.

하지만 실제로 그런 일은 일어나지 않았다. 어쩌면 만나러 올 수 없는 사정이 있을지 모른다고 생각하다가도 이내 유령 같은 건 없다, 죽은 사람이 다시 한번 만나러 오는 일 따위는 불가능하다는 결론에 이르게 된다.

마모루의 현실적이고도 공상적인 대답이 틀리지 않겠다 싶으면서도 나는 왠지 슬퍼졌다.

앞으로 어떻게 해야 할 것인가에 대한 대답도 하나도 나오지 않았다.

호시노 집안은 어떤 선택을 하면 좋을까. 엄마는 도대체 무슨 생각을 했을까.

"으악!"

소스라치게 놀라 비명이 터져 나왔다.

할머니가 바로 옆에 와 있었다.

"무, 무슨 일이야, 할머니……."

지금껏 이 시간에 할머니가 내 방에 찾아온 적은 한 번도 없었다.

대체 무슨 일일까.

할머니는 할 말이 있는지 입술을 달싹거렸다.

"……할머니?"

그러자 할머니가 나를 쳐다보며 속삭였다.

"후지이 4단이 말이지……."

판에 박은 듯한 그 말.

"할머니, 후지이 4단은 이제 5관이라니까."

어이가 없으면서도 어쩐지 마음이 놓이는 기분이었다.

처음 있는 일이라서 어리둥절했을 뿐이다.

아무 일도 아니니까 안심해도 된다고 생각한 찰나, 할머니가 손에 뭔가를 쥐고 있다는 것을 알아차렸다.

"할머니, 그건……."

또 봉투가 들려 있었다.

유언장이다.

아까와 똑같은 광경이 펼쳐졌다. 그런데 할머니에게 봉투를 받아 앞면을 확인하고 나서야 유일하게 다른 점 하나를 발견했다.

그 봉투에는 '유언장 2'라고 적혀 있었다.

"유, 유언장 2……?"

나도 모르게 이상한 콧소리를 내고 말았다.

너무 당혹스러웠다. 유언장이 있다는 것도 믿기 어려운 마당에 그다음 유언장이 등장했다. 유언장 2는 대체 뭐란 말인가. 자세히는 모르지만, 유언장이라면 좀 더 제대로 된 형식 같은 게 있지 않나. 이건 마치 짓궂은 장난질 같았다.

하지만 봉투에 적힌 글자가 엄마 글씨체가 분명하기에 유언장이 가짜일 리는 없다.

나는 봉투를 열어보지 않을 수 없었다.

역시나 아까와 마찬가지로 간결하게 적혀 있었다.

난 절대 자살하지 않았으니까 안심하세요. 자살은커녕 인생을 멋지게 즐기던 중이었고, 할 수만 있으면 180살까지 살고 싶었어요.

"이건……."

이건 유언장이 아니라 편지에 가까웠다.

거기다 내 머릿속에 맴돌던 의심을 절묘한 타이밍에 한 방에

날려 주었다.

어떻게 이런 일이 가능하지?

도대체 이 편지는······.

"······할머니, 이건 어디서 났어?"

"있었어."

이번에는 바로 알아들었다.

그 '있었어'가 무슨 뜻인지를.

"또 만났다고? 엄마를······."

"그럼."

할머니가 고개를 아래위로 가볍게 움직였다.

그 순간, 나는 침대에서 뛰어 내려와 할머니 방으로 달려갔다.

만약에 할머니 말이 사실이라면 그 방에 엄마가 있을 것이다. 할머니만 만나고 나는 못 만날 이유는 없다.

유령이 존재한다고 완전히 믿지는 않지만, 할머니가 거짓말을 하는 것 같지도 않았다.

그러니 제발 엄마가 그 방에 있기를 바랐다.

그뿐이다.

그러면 모든 게 분명해진다.

그리고 다시 한번 엄마와 얘기도 할 수 있다.

아직 엄마와 못다 한 이야기가 산더미처럼 쌓여 있었다.

그러니까…….

그러나 그 방에는 아무도 없었다.

당연한 일이겠지만, 엄마의 그림자도 찾아볼 수 없었다.

"엄마……."

아무도 없는 방을 향해 혼잣말하듯 목소리를 흘려보냈다.

실은 혼자가 아니라 엄마와 둘이 대화를 나누고 싶었다.

4

엄마와의 추억 중에 제일 기억에 남는 것은 내가 초등학교 4학
년일 때 있었던 일이다.

당시 나는 변신한 여자 주인공이 악당 조직과 대결하는 애니메
이션에 푹 빠져 있었는데, 변신할 때 쓰는 요술봉이 너무 갖고 싶어
서 할머니가 준 세뱃돈까지 전부 쏟아부어 요술봉을 손에 넣었다.

혼자서 그렇게 비싼 물건을 산 건 그때가 처음이었다. 요술봉
을 갖고 집에 왔을 때는 꿈을 꾸는 기분이었다. 나는 선뜻 상자를
열 수 없었다. 상자째 책상 위에 올려둔 채로 쳐다보다가 잠이 들
었고, 학교에서 돌아온 후에도 히죽히죽 웃으며 상자를 바라보기
만 했다. 어쩐지 상자를 열기가 아까운 데다, 상자를 개봉하는 큰
이벤트는 학교에 가지 않는 날 하고 싶었다.

그렇게 이틀이 지나고 토요일이 되어 드디어 요술봉을 꺼낼 순간이 찾아왔다. 목이 빠지게 기다리던 순간이었다. 요술봉을 손에 들자 두둥실 하늘로 떠오를 것만 같았다. 마치 내가 애니메이션 주인공이 된 듯한 기분이었다. 다음은 요술봉에 붙어 있는 버튼을 누를 차례였다. 버튼을 누르면 요술봉에서 빛이 뿜어져 나오기 때문에 진짜로 변신한 기분을 느낄 수 있다.

그런데 버튼을 눌렀는데도 아무 일이 일어나지 않았다.

"……어?"

처음에는 깜빡하고 건전지를 안 넣은 줄 알았다. 그러나 건전지는 잘 들어가 있었다. 버튼을 몇 번이나 눌러봐도 불빛이 나오지 않았다. 애당초 이 변신 아이템은 불량품이었던 것이다. 다시 장난감 가게에 가서 반품을 하거나 고장 나지 않은 새것과 교환을 받아야 한다. 처음부터 망가져 있었다는 사실만 제대로 설명하면 아무 문제가 없다고 생각했다. 그런데 혼자서 설명을 잘할 수 있을까…….

나는 쿵쾅거리는 가슴을 안고 한 번 더 장난감 가게로 갔다. 가게 안쪽에 수염을 기른 무섭게 생긴 아저씨가 앉아 있었다.

목구멍이 콱 막힐 것 같은 느낌을 떨쳐내면서 나는 목소리를 쥐어짰다.

"저, 저기, 이게, 고장 났는데요……."

"뭐라고?"

아저씨는 나를 향해 불쾌한 감정을 노골적으로 드러냈다.

그러더니 내가 앞으로 내민 요술봉을 휙 낚아채 카운터 위에 올려놓았다.

"어디가 고장 났어?"

"……버튼이."

"흠……."

아저씨가 버튼을 눌렀다. 역시나 이번에도 불은 들어오지 않았다.

"이거 언제 샀더라?"

"……그저께 샀어요."

"아……, 맞다, 그랬지."

아저씨는 머리를 벅벅 긁었다.

아저씨가 확실히 기억하고 있으니까 이대로 아무 문제없이 새 걸로 바꿔 주겠지.

그런데 그런 일은 일어나지 않았다.

"거참 이상하네. 처음부터 작동이 안 됐으면 곧장 가져왔을 것 같은데?"

아저씨는 의심에 찬 눈초리로 나를 대했다.

"이거, 네가 갖고 놀다가 망가뜨렸지?"

"아, 아니에요."

"그러면 왜 바로 안 가져왔지? 수상한데."

"사, 상자를 여는 게 아까워서……."

"하하, 뭐라는 거야."

아저씨는 빈정거리면서 은근히 나를 무시했다. 내 말은 전혀 믿어주지 않았다. 나를 의심의 눈초리로 쳐다보는 아저씨의 거대한 몸집이 아까보다 더 커진 것처럼 보였다.

"거짓말하면 못쓴다."

겁이 났다.

아까부터 막히기 시작하던 목구멍이 완전히 꽉 막혀 버렸다.

"아……."

내 입에서는 더는 말이 나오지 않았다.

"울어도 소용없다. 네가 망가뜨렸으니까 반품도 안 되고 교환도 안 돼."

대답 대신 내 눈에서는 눈물이 터져 나왔다. 흐르는 눈물을 막을 수 없었다. 두려움과 억울함이 뒤섞인 감정을 눈물과 함께 흘려보냈다.

"자, 일하는 데 방해되니까 비켜라. 불빛이 안 나와도 갖고 놀 수는 있잖아."

아저씨는 가게에 들어온 다른 아이들을 향해 걸어갔다.

내가 할 수 있는 일은 하나도 없었다.

열 살의 나는 너무나 무력했다.

펑펑 울었다. 집으로 걸어가면서 계속 울었다. 닦아도, 닦아도 눈물이 계속 나와서 나는 집에서 조금 떨어진 공원의 정글짐 안에 들어가 숨었다. 울어서 부은 얼굴을 부모님에게 보여 걱정을 끼치고 싶지 않았다. 이 일이 알려지면 세뱃돈을 준 할머니에게도 상처를 줄 것 같아서 아무에게도 들키고 싶지 않았다.

그런데 거기에 엄마가 나타났다.

"왜 그러니, 사키?"

엄마가 나를 바라보며 물었다.

"엄마⋯⋯."

"무슨 일인지 얘기해 줄래?"

엄마의 시선이 말끄러미 내 눈을 응시했다.

나도 엄마의 시선을 정면으로 받아냈다.

"⋯⋯으아아아아아아아앙."

그 순간 어째서인지 아까보다 더 큰 소리로 울음이 터져 나왔다. 아마도 엄마가 내 옆에 있어서 마음이 놓였으리라. 엄마는 나를 꼭 끌어안고 내가 울음을 그칠 때까지 등을 토닥이며 기다려 주었다.

그 후 마음을 조금 가라앉히고 장난감 가게 아저씨와의 일을 털어놓자 방금까지 봤던 다정했던 엄마의 표정은 어디론가 사라지고 사뭇 진지한 표정이 그 자리를 차지했다.

"엄마가 알아서 할게."

그렇게 말하더니 엄마는 오른손에는 변신 아이템인 요술봉을, 왼손에는 내 손을 꼭 쥐고 장난감 가게를 향해 성큼성큼 걸어갔다.

아까 봤던 그 아저씨가 가게 안에 있었다. 우리 쪽을 보며 눈을 부라리는 것 같아서 나는 얼떨결에 엄마 뒤로 숨었다.

"이걸 반품하고 싶은데요."

엄마는 의연한 태도로 아저씨에게 말했다.

아저씨는 영 못마땅하다는 양 수염을 긁어댔다. 그러고는 깔보듯 시선을 아래로 내리고 엄마를 쳐다보았다.

똑같은 어른이라도 엄마는 장난감 가게 아저씨보다 훨씬 체구가 작았다. 나처럼 엄마의 시선도 위를 향하고 있었다. 그렇지만 엄마의 눈빛은 조금도 흔들리지 않았다.

"그 댁 아이가 망가뜨렸으니까 반품은 못 해줍니다."

내게 말할 때와는 다르게 어른을 대하는 말투로 아저씨가 말했다.

"아니에요, 이 장난감은 처음부터 고장이었어요. 초기 불량은 반품이 가능하잖아요?"

"초기 불량인지 아닌지 어떻게 압니까? 아이가 곧바로 가게에 가져오지도 않았고, 거짓말을 하는 건지도 모르죠."

"얘는 거짓말할 애가 아니에요! 저는 집에서 이 아이가 장난감을 아주 소중하게 바라보던 걸 봐서 잘 알아요. 상자째로 그렇게 보고 있었다고요. 곁에서 보기만 해도 정말 행복한 표정을 짓고 있었어요. 그러니 만약 상자를 열었더라도 절대 금방 고장 나도록 험하게 다루지 않았을 거예요! 그리고 애초에 상자에서 꺼내지도 않았어요!"

엄마는 전부 알고 있었다.

어쩌면 당연한 일인지도 모르겠다. 가족에게 일어나는 일을 가장 잘 알고 있는 사람이 엄마였다.

나중에 들은 이야기지만, 내가 요술봉을 들고 집 밖으로 나가는 모습이 평소보다 기운이 없어 보여서 걱정이 돼 찾아다니다가 정글짐에 있던 나를 발견했다고 한다.

나는 뒤에 서서 엄마의 뒷모습을 지켜보았다. 손에는 변신 아이템인 요술봉을 꽉 쥐고 있었다.

"그렇게 말씀하신들……."

"그렇게고 저렇게고 할 말은 해야겠어요. 저는 여기서 한 발짝도 물러나지 않을 거예요."

요술봉을 쥐고 무서운 아저씨와 맞서는 엄마의 모습은 마치 내가 좋아하는 애니메이션의 주인공 같았다.

"이번 일은 단순히 장난감이나 돈 문제가 아니에요. 이 아이의 문제고, 우리 가족의 문제라고요. 우리 애를 이렇게 울리고 거짓 말쟁이 취급까지 하는데 어떻게 그냥 넘어갈 수 있겠어요? 이 애는 잘못이 없어요. 아무 잘못도 없는 쪽이 일방적으로 당하고 끝나는 건 말이 안 된다고요!"

"하아……."

아저씨가 한숨을 길게 내쉬었다.

그러고는 성가셔 죽겠다는 듯이 금전 등록기를 두드리더니 3천 엔을 꺼내 내밀었다.

"……알겠습니다. 반품해 드리죠."

"고맙습니다."

"그런데요, 앞으로 우리 가게는 두 번 다시 오지 마세요. 이 아이도 당신도 둘 다 출입 금지입니다."

"말 안 하셔도 다시는 안 올 생각이었어요."

엄마는 마지막에만 거칠게 쏘듯 한마디 하고 아저씨를 노려보았다. 굳이 말하자면 아저씨보다 엄마가 더 악당 조직의 일원 같은 표정을 짓고 있었지만, 나를 향해서는 살그머니 웃으며 엄지손가락을 세워 보였다.

역시 엄마는 정의의 사도였다.

엄마와의 추억은 많이 있지만, 그날의 기억이 내 머리에 가장 강하게 남아 있다.

　이제 와서 그날의 기억을 끄집어내는 것 또한 엄마가 죽고 없기 때문일까.

　기억은 할 수 있어도 이제 두 번 다시 엄마를 볼 수는 없다.

5

"······네 엄마라는 사람은 죽은 후에도 우리를 내버려 두질 않네."

아침밥을 먹고 나서 아빠가 빈 카레 접시를 쳐다보며 입을 열었다.

내 눈에는 엄마가 멋있어 보일 때도 있었지만, 아빠에게 엄마는 그저 정신 사나운 사람이었는지도 모르겠다.

원래는 오늘 엄마의 유골을 안치할 예정이었다. 그런데 엄마의 유언장이 발견되는 바람에 일단 중지하기로 했다.

그 때문인지 아빠는 평소보다 기분이 더 안 좋아 보였다.

"죽으면 무덤에 들어가는 게 당연한데, 평범하게 넘어가면 좀 좋아······."

아빠가 불평스레 말을 내뱉었다. 하지만 평범하게 살지 않았던 엄마에게 '평범'이라는 말은 어울리지 않는 것 같기도 했다.

아빠와 엄마는 깜짝 놀랄 만큼 성격이 정반대였다. 그렇지만 볼록 나온 것과 오목 팬 것이 딱 들어맞듯이 두 사람도 서로가 갖지 못한 면에 끌렸을 거라고 생각한다. 아빠가 못하는 일은 엄마가 하고, 엄마가 못하는 일은 아빠가 해냈다. 그런 식으로 호시노 가는 균형을 유지할 수 있었다. 그런데 이제 엄마가 없다 보니 호시노 가는 균형을 잃고 말았다. 어쩌면 그런 영향을 가장 크게 받는 사람이 아빠일 수도 있다.

무슨 말이 이어질지 궁금했는데, 아빠는 내가 상상하지 못 한 말을 입에 올렸다.

"어쩔 수 없어……."

아빠는 혼잣말하듯 결단을 내렸다.

"……오늘 안치하러 가자."

"어?"

그때 소리를 지른 건 나뿐만이 아니었다.

마모루 입에서도 똑같은 소리가 터져 나왔다.

"아니, 어제 저녁에는 일단 중지하기로 했잖아."

"그걸 다시 바꾸자는 말이다."

"그럼 엄마 유언장은 어쩌고……."

"그 후에 엄마도 마음이 바뀌을 거야. 쉽게 뜨거워졌다 쉽게 식는 사람이었으니까."

"그건 그렇지만, 일부러 유언장까지 써뒀는데……."

"……진짜 엄마가 썼는지 아닌지도 모르잖아."

"그걸 왜 몰라."

이번에는 나도 거들었다.

"그건 엄마 글씨야, 보면 안다고."

"……."

아빠는 잠시 말이 없었다.

하지만 고개를 살짝 옆으로 흔들더니 다시 입술을 움직였다.

"……그렇더라도 상관없어. 도대체 무슨 의미가 있어? 뼈를 다른 데 묻는다고 네 엄마가 살아 돌아오는 것도 아닌데."

아빠 말이 무슨 뜻인지 모르지는 않았다.

이제 와서 엄마가 원하는 대로 한다고 해서 엄마가 돌아올 리는 없다.

다만, 나는 지금 엄마의 바람을 이대로 무시하고 싶지 않을 뿐이다.

아빠도 분명 알고 있을 것이다.

엄마를 향한 마음은 다 같을 테니까.

그렇게 아무도 입을 열지 않고 있을 때, 마모루가 불쑥 한마디 했다.

"아빠, 엄마랑 같이 가족묘에 못 들어가니까 쓸쓸해서 그래?"

마모루는 단순히 아빠의 진심이 무엇인지 궁금했을 것이다.

아니면 분위기를 조금이라도 누그러뜨려 보려던 생각이었을 수도 있다.

하지만 결과적으로는 불에 기름을 붓는 꼴이 되고 말았다.

"어디서 부모를 놀리는 거야!"

아빠의 목소리가 사나워졌다.

"아니, 그런 게 아니라……."

아빠도 언성을 높인 자기 자신이 낯설었는지 서둘러 목소리를 낮추며 바닥으로 시선을 떨어뜨렸다.

"……그만하자."

"아빠!"

아빠는 뒷말은 듣지도 않고 그대로 집 밖으로 나가 버렸다.

쾅 소리와 함께 현관문이 닫혔다.

"……난 놀릴 생각이 전혀 없었어."

"그건 아는데, 타이밍이 안 좋았어."

"자기는 입도 뻥긋 안 해놓고 웬 타이밍 타령이야?"

기껏 달래줄 요량으로 말을 꺼냈는데 마모루가 대들었다.

최근에는 마모루도 감정을 억누르고 지냈던 만큼 왠지 더 흥분한 것 같았다.

"뭐라고?"

그러면 안 되는 건데 나도 받아치고 말았다.

엄마를 향한 견딜 수 없는 감정이 다른 모양으로 나타난 것이다.

그와 동시에 가족의 형태가 조금씩 일그러지기 시작했다.

"당당하게 말한 건 엄마 글씨체에 대해 얘기했을 때뿐이잖아."

"그것도 중요한 거였어. 그냥 가만히 있었으면 아빠가 맘대로 묘지에 뼈를 묻으러 갔을지도 모르잖아."

"그러면 그다음에도 제대로 막았어야지!"

"내가 왜 너한테 이런 소리를 들어야 하는 건데!"

"그건 내가 하고 싶은 말이야!"

마모루가 나를 보며 두 눈을 치떴다.

그러더니 내뱉듯이 말했다.

"……그만하자."

이런 순간에 밖에 나가버린 아빠와 똑같은 말을 입에 올리다니.

마모루가 자리에서 벌떡 일어났다.

"넌 어디 가는데?"

"어디 가든 알 거 없잖아."

그러고는 아빠처럼 집을 나가 버렸다.

나만 덩그러니 거실에 남았다.

거실 옆 할머니 방에서 TV 소리가 새어 나왔다.

어쩌다 이렇게 됐을까.

엄마가 떠나고 시간이 조금 지나 겨우겨우 원래 가족의 모습을 되찾으려던 때였다. 그랬는데, 또다시 윤곽선마저 지워진 직소 퍼즐처럼 뿔뿔이 흩어져 버렸다.

우리는 모두 혼자가 되었다.

혼자가 돼서 좋을 건 하나도 없는데.

기쁠 때만 함께할 게 아니라 힘든 순간에도 힘을 모아 이겨내는 게 가족 아닌가.

호시노 집안에 엄마가 없는 것은 일생일대의 사건이 분명했다.

호시노 집안의 중심에는 엄마가 있었다.

그리고 우리는 마치 그 주변을 맴도는 행성이나 위성 같았다.

아빠, 할머니, 마모루, 나.

우리는 태양계처럼 엄마 주변을 맴돌며 하나로 이어져 있었다.

우리를 끌어당기는 힘을 갖고 있던 엄마가 사라지자 우리는 이제 어디로 가야 할지 갈피를 잡지 못하고 있다.

이럴 때 엄마가 있었더라면 뭐라고 말했을까.

엄마라면.

"으악!"

갑자기 비명이 터져 나왔다.

옆방에 있어야 할 할머니가 또다시 내 코앞에 서 있었기 때문이다.

내가 잠을 이루지 못했던 오늘 새벽과 똑같았다.

"하, 할머니, 왜 그래……."

할머니는 내 앞에 가만히 서 있었다.

그러더니 몇 초쯤 지난 뒤에 "음" 하며 무언가를 내밀었다.

그런 동작도 오늘 새벽과 똑같았다.

편지다.

엄마의 유언장.

"유언장 3……."

봉투에 그렇게 쓰여 있었다.

무슨 일이 벌어지고 있는지 영문을 알 수 없었다. 오늘 새벽에 받은 봉투는 유언장 2였다. 다음 편이 또 있었다는 말인가. 대체 어디까지 이어지는 걸까……. 머리가 어지러웠다.

하지만 생각해 봤자 소용없다. 생각한다고 답이 나올 문제도 아니었다.

그래서 생각하지 말고 일단 봉투 안을 확인했다.

이 상황을 파악하려면 그게 최선이라고 생각했다.

그런데 종이에는 예상치 못한 내용이 적혀 있었다.

먼저 죽고 폐 끼쳐서 미안해요. 그렇지만 나는 앞으로도 우리 가족

이 쭉 사이좋게 지내고, 웃음을 잃지 않고 행복을 누리면서 살았으면 좋겠어요.

"엄마……."

마치 엄마가 지금 어디선가 우리를 지켜보고 있는 것만 같았다.

그만큼 타이밍이 완벽한 데다 지금 꼭 필요한 메시지였다.

엄마는 우리가 이렇게 되리라고 예상했을까? 만일 그렇다면 정말 대단하다.

어제도 그렇고, 정말 예언자 같다는 생각이 들었다. 예언자가 아니면 진짜 유령이 돼서 우리를 지켜보고 있는 걸까…….

설마, 그럴 리는 없겠지.

그렇지만…….

"……할머니."

나도 뭐가 진실인지 판단이 서지 않았다.

믿기지는 않지만 한 번 더 할머니에게 물었다.

"진짜 엄마 만났어?"

할머니는 고개를 끄덕였다.

"언제?"

할머니는 곰곰이 질문의 뜻을 생각하고 나서 대답했다.

"……매일."

"……언제부터?"

이번에도 할머니는 천천히 입을 열었다.

"……계속."

수상했다.

할머니가 편지를 가져온 건 어제가 처음이었다.

만에 하나 할머니가 엄마 유령과 만나는 현상이 일어났다 치더라도 훨씬 오래전부터 매일 만나는 건 있을 수 없는 일 같았다.

할머니에게 그런 낌새는 전혀 없었다.

"……어디서?"

나는 뜻밖의 정보에 관해 더 자세히 알고 싶어서 또다시 질문을 던졌다.

그러자 할머니가 거실 옆 자기 방을 손가락으로 가리켰다.

"……엄마."

나는 또 달려갔다.

유령 따위는 믿지 않는다.

진짜로 엄마가 거기 있는지 없는지는 알 수 없다.

그렇지만 실제로 엄마를 만날 수만 있다면 진실을 밝혀낼 수 있다.

확인할 방법은 오직 하나뿐이다.

그러니 제발 만나게 해주세요.

한 번이라도 엄마를 다시 볼 수 있게 해주세요.

제발 부탁이에요.

할머니 방으로 뛰어 들어갔다.

이번에도 거기에 엄마의 모습은 없었다.

방 한쪽에 놓인 TV에서는 할머니가 녹화해 놓고 보고 또 보는 〈위클리 지바〉라는 지역 정보 프로그램이 흘러나오고 있었다. 주로 지바 지역의 정보를 전달하는 프로그램이지만, 후반에는 전국 뉴스 코너도 있어서 마침 후지이 기사가 4단이 됐다는 소식을 소개하고 있었다.

"엄마······."

나는 소리 질렀다.

"엄마······!"

한 번 더 엄마를 불렀다.

아까보다 더 큰 소리로.

"엄마! 있으면 나와봐!"

간절히 만나고 싶었다.

"······나를, 나를······, 만나러 와줘! 엄마!"

무슨 일이 있어도 엄마를 꼭 만나고 싶었다.

"왜, 어째서······, 엄마······."

엄마는 끝끝내 모습을 드러내지 않았다.

6

"어쩐지 여기 있을 것 같더라니."

내가 그렇게 말하자 마모루는 머쓱해하며 모래밭의 돌멩이를 발로 찼다.

돌멩이가 굴러간 방향에는 도쿄만(灣)이 펼쳐져 있었다.

우리가 있는 곳은 마쿠하리 해변이다. 오늘은 바람이 약하게 불어서 멀리 윈드서핑을 즐기는 사람들 모습도 보였다. 저 멀리 도쿄 스카이트리(도쿄 스미다구에 있는 높이 634미터의 전파탑)까지 어슴푸레 눈에 들어왔다.

"내 생각을 읽은 것 같아서 짜증 나."

"네 생각쯤이야. 넌 내 손바닥 안이거든."

전에도 마모루는 나와 싸우고 나서 혼자 여기로 왔었다.

그래서 혹시 이번에도 여기 와 있지 않을까 싶었다.

"……역시 누나는 다르네."

요즘은 '저기' 혹은 '있잖아'라며 나를 부를 때가 많았지만, 지금은 누나라고 말했다.

누나라는 말에 무슨 뜻이 담겨 있는지는 모르겠지만.

"생각해 봤는데."

마모루가 바다로 시선을 옮기며 말문을 열었다.

"엄마 유골, 바다에 뿌리는 건 어때?"

"바다에 뿌린다……."

그런 식으로 납골하는 방법도 있다는 말은 들었다.

다만 나는 그 의견에는 찬성할 수 없었다.

"엄마는 수영을 못하니까 바다는 안 좋아할걸?"

"맞다, 맥주병이니까 바다는 힘들겠구나."

"바다에 뿌렸다가는 원한을 살지도 몰라."

"물에 흠뻑 젖은 엄마 유령이 내 머리맡에 나타날지도."

"뭐야, 흠뻑 젖은 엄마 유령이라니."

마모루는 잠깐 웃다가 금세 진지한 얼굴로 돌아왔다.

그러더니 불쑥 뭔가 생각났다는 듯 툭 내뱉었다.

"여기 처음 왔던 날, 해변에서 놀았는데."

"그래, 다 같이 차로 왔었어."

아직 우리 가족이 이 바닷가 근처에 살기 전의 일이었다.

"물가에서 모래성 만들었던 게 어렴풋이 기억나."

"넌 모래를 나르기만 했거든! 구멍 뚫는 건 아빠가 거의 다 했고, 모양까지 신경 쓰면서 제일 공들여 만들었던 건 엄마였어. 끝에 가서 상상을 초월할 만큼 멋진 성이 완성돼서 사람들이 사진까지 찍고 그랬잖아."

"그랬나, 난 잘 기억이 안 나."

"넌 아직 어렸으니까."

"그래도 엄청 즐거웠던 건 기억나."

"그건 나도 확실히 기억나. 너도 깔깔대며 웃었고. 아빠랑 엄마도……."

그날의 기억이 머릿속에 선명하게 그려졌다.

바닥에 널브러져 있던 분홍빛 조개껍데기도 당시에는 보석처럼 빛나 보였다.

그날 내 역할은 반짝반짝 빛나는 조개껍데기를 모래성에 하나둘 붙이며 장식하는 것이었다.

예쁘게 붙이고 나면 엄마가 "참 잘했어" 하며 내 머리를 살살 쓰다듬어 주던 것도 생생히 기억한다.

그다음에는 모래성 옆에 나란히 서서 가족사진을 찍었다.

다들 의기양양한 표정이었다.

모두 활짝 웃고 있었다.

바닷가에서 보낸 행복한 한때.

"엄마 아빠가 여기저기 데려가 줬잖아."

마모루가 말했다.

"……그래."

나는 말을 길게 하면 왠지 눈물이 쏟아질 것 같아서 두 글자만 겨우 입에 올렸다.

"요즘 같은 시기에는 공원에 벚꽃을 보러 갔었어."

"그래."

"여름에는 나가노 스와 호수에 가서 불꽃놀이 했고."

"그래."

"겨울에는 홋카이도 삿포로에서 열리는 눈 축제도 갔었어."

"가을은 왜 빠뜨리는데?"

"가을에는 어디 갔었는지 까먹었어."

눈물이 쏙 들어갔다.

"어이구. 가을에는 거기 갔잖아. 거기, 가쓰우라에 있는 초승달 호텔. 마침 그날 밤에 예쁜 초승달이 떠올라서 더블 초승달이라고 했던 거 기억 안 나?"

"아, 이제 생각났다."

"하긴, 넌 초승달을 보더니 하늘에 바나나가 하나 떠 있는 것 같다면서 멋대가리라고는 손톱만큼도 없는 잠꼬대 같은 소리나 했으니까 기억날 리가 없지."

"방금 거기서 먹었던 멜론이 엄청 맛있었던 건 기억났어."

소중하지 않은 추억은 하나도 없다.

말로 다 할 수 없을 만큼의 추억이 쌓여 있다.

마모루와 둘이서 추억을 되새기게 될 날이 이렇게 일찍 찾아올 줄은 상상도 못 했지만.

"앗."

마모루가 대뜸 얼빠진 소리를 냈다.

"앗."

내 입에서도 비슷한 소리가 튀어나왔다.

우리의 시선이 향한 방향에 아빠가 있었다.

"……부자지간에 생각하는 게 똑같구나."

답답할 때 찾아가는 장소까지 같았다.

아빠도 우리를 알아보았다.

한순간 걸음을 주춤하나 싶더니 이쪽으로 걸어왔다.

그러더니 아빠가 우리를 향해 이렇게 말했다.

"……엄마는 수영을 못하니까 바다에 뿌리는 건 안 된다."

그 말을 들은 나와 마모루는 거의 동시에 웃음을 터뜨렸다.

"다녀왔습니다."

셋이 나란히 집으로 돌아왔다.

유언장 2와 유언장 3에 대해서 이야기를 나눴다고 문제가 싹 해결되지는 않았지만, 일단 큰 산 하나는 넘은 것 같았다.

두 사람의 표정도 아까와 다르게 후련해 보였다.

온 가족이 사이좋게 웃음을 잃지 말고 지내라던 엄마의 바람이 제대로 이루어진 듯 보였다.

"그럼, 이제 어쩌면 좋겠냐."

아빠가 다시 시작하자는 듯이 말문을 열었다.

"엄마가 묻히고 싶어 할 만한 장소를 찾으면 될 것 같은데."

마모루가 생각에 잠긴 얼굴로 대답했다.

"엄마가 묻히고 싶어 할 장소……."

나도 마모루와 비슷한 표정으로 중얼거렸다.

엄마가 묻히고 싶어 하는 곳은 어딜까. 그게 어딘지 유언장에 적혀 있으면 좋았겠지만, 어쩌면 엄마도 어디로 할지 결정하지 못했던 건 아니었을까. 그렇기에 더더욱 우리는 엄마를 위해 가장 좋은 곳을 선택해야만 한다.

"흐음……."

똑같은 감탄사가 아빠와 마모루의 입에서 새어 나왔다.

두 사람은 고민하는 모습까지 똑같았다.

하지만 지금은 다 같이 한 방향을 향해 고민하고 있으니 그렇게 큰일은 아니다.

분명 우리 가족은 엄마를 위해 가장 좋은 선택을 내릴 수 있을 것이다.

그때였다.

"할머니."

할머니가 느닷없이 방에서 거실로 나왔다.

이번에도 절묘한 타이밍에 엄마가 쓴 유언장을 들고 왔나 싶었는데 그건 아니었다.

할머니는 뭔가 할 말이 있어서 거실로 온 모양이었다.

"할머니, 왜 그래?"

내 옆에 온 할머니가 천천히 입술을 움직였다.

"……교카가, ……있어."

"뭐?"

할머니는 똑똑히 말했다.

엄마 이름까지 대면서 그렇게 말했다.

심지어 '있었어'라는 과거형이 아니라 지금 '있어'라고 했다.

"어, 어디?!"

내가 다급하게 물어보자 할머니는 또다시 자기 방을 가리켰다.

아까 집을 나가기 전과 같았다.

그런데 이번에는 '있어'라고 했다.

그러니 지금 당장 가면 엄마를 만날지도 모른다.

마모루와 아빠와 서로 눈빛을 주고받고 부리나케 할머니 방으로 뛰어갔다.

누구도 할머니 말을 있는 그대로 믿지는 않았다.

그런데도 몸이 저절로 움직였다.

실낱같은 희망이라도 매달리고 싶었으리라.

우리는 간절히 바라고 바랐다.

한 번만이라도 더 엄마를 만나고 싶다고.

"엄마……."

할머니 방에 들어가자마자 마모루가 엄마를 불렀다.

나는 그 상황을 이해하지 못했다.

왜냐하면 내 눈에는 아무것도 보이지 않았으니까.

엄마는 없었다.

어디에도 모습이 보이지 않았다.

"여보……."

아빠도 확실히 그렇게 말했다.

역시 있나 보다.

두 사람 눈에는 또렷이 보이는 걸까.

왜, 어째서.

내 눈에는 엄마의 흔적도 보이지 않았다.

"어디, 어디 있어? 엄마!"

내가 소리치자 마모루가 한쪽 구석을 가리켰다.

"저기야, 누나."

차분한 목소리였다.

마모루의 손끝이 가리키는 곳에는 TV가 한 대 놓여 있었다.

"아……."

내가 줄곧 한 번만 더 만나고 싶다고 생각했던 사람이 거기 있었다.

"엄마……."

엄마는 TV 속에 있었다.

어떤 프로그램의 한 장면이었다.

지역 방송의 한 코너에 리포터가 현장에서 중계하는 화면이 비치고 있었다.

그 리포터가 인터뷰하는 사람이 바로 엄마였다.

"네, 맞아요. 이 느티나무가 이대로 미래를 향해 멋지게 뻗어 나가면 좋겠어요."

엄마는 중대한 일을 마친 사람처럼 만족스러운 얼굴로 대답했다.

그러고 보니 엄마는 지역의 식목 행사에 자발적으로 참여했던 적이 있었다. 때마침 꽃꽂이에 빠져 있을 무렵이었다.

그리고 지역의 자원봉사자들이 근처 공원에 느티나무를 심는 모습이 화면에 잡혔다. 그 사람들 중 엄마가 대표로 말했다.

"여기는 벚나무가 참 많잖아요. 이 느티나무 아래에서 가족들과 같이 꽃구경할 날이 기다려져요. 앞으로 느티나무가 성장해 가는 모습을 옆에서 쭉 지켜보고 싶습니다."

엄마는 시원시원하고 또박또박하게 대답했다. 듬직하면서도 부드러운 표정을 짓고 있었다.

그러더니 엄마가 카메라를 향해 손을 힘차게 흔들었다.

"여보, 사키, 마모루, 어머니, 보고 있어요?"

엄마는 인터뷰는 뒷전이고 엄지손가락을 척 세우며 정면을 똑바로 쳐다보았다.

"엄마는 진짜 신출귀몰하다니까……."

마모루가 화면에 시선을 고정한 채로 중얼거렸다.

마모루 말이 맞다.

설마 TV에까지 모습을 드러내리라고는 상상도 못 했다.

마모루의 눈에서 눈물이 흘러내렸다.

마룻바닥에 눈물방울이 뚝 떨어진 순간 아빠가 입을 열었다.

"……정말이지 우리를 그냥 내버려 두지 않는 사람이라니까. 그런데도 같이 있으면 웃게 되니, ……참 알 수 없는 사람이야."

아빠도 울고 있었다

웃으면서 울고 있었다.

"엄마……."

내 눈에서도 눈물이 와르르 터져 나왔다.

엄마가 죽고 나서 지금까지 한 번도 안 울었는데, 처음으로 눈물이 줄줄 흘러내렸다.

이유는 알 수 없었다.

그렇지만 내 가슴속의 감정이 흘러넘쳐서인지 눈물이 멈추지 않았다.

한 사람 한 사람의 눈물방울이 모여 작은 물웅덩이를 이루는 것처럼 뿔뿔이 흩어졌던 가족의 조각들이 하나둘 모이는 기분이 들었다.

이번에도 가족을 원래대로 이어준 사람은 엄마였다.

엄마는 강력한 인력을 그대로 간직한 채, 여전히 호시노 집안의 중심에 있었다.

하지만 그래도 괜찮다고 생각했다.

신출귀몰한 우리 엄마를 대신할 수 있는 사람은 아무도 없을 테니까.

현장 중계 영상이 끝나고 다시 스튜디오로 돌아오더니 전국 뉴스 코너로 바뀌었다.

〈위클리 지바〉 아나운서가 맨 먼저 소개한 뉴스는 장기 기사 후지이 소타가 최연소 기록을 경신하며 14세 2개월이라는 나이에 4단에 올랐다는 소식이었다.

8

"어이, 마모루, 누가 오나 잘 봐야 한다."

아빠는 모종삽을 쥐고 땅을 파고 있다.

마모루는 주위를 두리번거리더니 머리 위로 오케이 사인을 만들었다.

"근데 정말 괜찮을까? 이런 곳에……."

유골을 어디다 묻을지 정한 것까지는 좋았지만, 실제로 여기에 오니 괜히 불안하기도 했다.

우리 가족은 TV에서 봤던 느티나무가 있는 공원에 와 있다. 그리고 그 느티나무 옆에서 땅을 파고 있다. 남들 눈에 띄지 않게 조심하면서.

"원래는 안 괜찮지만, 해야지 어쩌겠어. 여기까지 왔는데."

아빠는 더 이상 우물쭈물하지 않았다. 그렇지만 마모루에게 망보라고 시킨 걸 봐서, 들키면 큰일이라는 것쯤은 아빠도 알고 있는 것 같았다.

"엄마가 이 나무를 심었으니까 엄마한테는 어느 정도 권리가 있겠지. 나무에 영양분도 공급할 수 있고."

아빠는 자기 자신을 타이르듯 말했다. 그런데 그 말을 듣자 어느 정도 수긍이 가기도 했다. 지금은 일단 그렇게 믿고 싶었는지도 모르겠다.

"어머나, 예뻐라……."

할머니 혼자만 넋을 잃은 사람처럼 벚나무를 바라보며 태연하게 말했다. 엄마 말마따나 바로 정면에서 벚나무가 흰색과 분홍색 꽃잎을 활짝 피우고 있었다.

벌써 완연한 봄이건만 벚꽃이 폈다는 사실조차 모르고 지냈다. 발밑만 보면서 걸었기 때문일까. 머리 위에서는 이토록 아름다운 광경이 펼쳐지고 있었구나.

"좋았어, 이 정도면 될 거야……."

아빠가 땀을 닦으며 삽을 옆에 내려놓았다.

느티나무 옆에 주먹이 세 개 정도 들어갈 만한 구멍이 생겼다.

아빠가 가방에서 주머니를 꺼냈다. 엄마의 유골을 화장하고 남은 재가 들어 있는 주머니였다.

그 주머니를 조심스레 구멍 안에 넣었다.

가족 모두가 지켜보았다.

엄마는 재가 되어 흙으로 돌아간다.

"고마워, 교카……."

아빠는 바로 옆에 있는 나만 겨우 알아들을 수 있는 목소리로
그렇게 말했다.

아빠가 엄마를 교카라고 부르는 걸 처음 들은 것 같았다.

"자, 이제 흙을 덮어야지."

온 가족이 파냈던 흙을 도로 덮으며 서서히 구멍을 메웠다.

어째서일까, 이런 순간에 마쿠하리 해변에서 다 같이 모래성을
만들었던 그날의 장면들이 시간을 거슬러 다시금 내 앞에 돌아왔다.

바람직한 행동은 아닐지 몰라도 가족이 총출동해서 이러고 있
으니까 솔직히 기쁘기도 했다. 우리 가족끼리만 공유하는 특별한
비밀이라는 느낌마저 들었다.

"착실하게 살아온 아빠가 앞장서서 이런 짓을 하다니."

"네 엄마가 옆에 있으니까 착실해 보였던 거지, 난 태어날 때부
터 불성실한 사람이었어."

아빠는 불성실함이라곤 찾아볼 수 없는 진지한 얼굴로 말하고
다음 말을 이어 나갔다.

"……내가 죽으면 여기 묻어줘. 알았지?"

아빠는 엄마의 재가 묻혀 있는 땅으로 시선을 옮겼다.

갑작스러워서 좀 놀라긴 했지만, 전혀 이해가 안 되는 말은 아니었다.

"알았어, 그렇게 할게."

내가 대답하자 이번에는 마모루가 입을 열었다.

"나도 죽으면 여기 묻어줘."

"뭐어?"

마모루가 그렇게 말하리라고는 전혀 예상하지 못했다.

"나, 여기가 맘에 들어. 사람들이 매일 찾아오니까 죽고 나서도 외롭지 않을 것 같아."

"죽으면 다 끝이라더니?"

"끝은 끝이라도 외롭지 않은 끝이 좋잖아."

"뭐래. 아무튼 넌 묻어줄 사람부터 먼저 찾아야 할걸? 차례대로 간다고 치면, 넌 맨 마지막이잖아."

"아, 맞네."

마모루는 허를 찔린 듯한 표정이었다.

짧게 웃고 난 후, 이번에는 아빠가 분위기를 바꾸듯 밝은 목소리로 말했다.

"좋아, 그럼 오늘은 이대로 엄마랑 다 같이 꽃구경하자. 자, 여기 음료수."

아빠가 미리 근처 편의점에서 사온 음료수를 나눠 주었다.

"자, 다들 준비됐지?"

아빠가 한 사람 한 사람의 얼굴을 확인하며 물었다.

"그럼, 엄마를 위해 헌배."

그런 다음 아빠가 이번에는 좀 더 목소리를 높이며 말했다.

"그리고 호시노 집안의 앞날을 위해 건배!"

치익, 캔 뚜껑 따는 소리가 들리고 다 같이 한 모금씩 마시기 시작했다. 내가 캔을 따서 주자 할머니가 "고맙다"라고 말했다.

할머니는 녹차를 입 안으로 조금 흘려보냈다. 나도 레몬티를 홀짝였다. 한 번 더 벚꽃을 둘러보려는 참에 할머니가 주머니에서 주섬주섬 뭔가를 꺼냈다.

봉투였다.

"또 나왔다."

맨 먼저 목소리를 낸 사람은 마모루였다.

"이번에는 유언장 4구나……."

아빠가 봉투에 적힌 글자를 읽었다. 진짜 그렇게 적혀 있었다. 이미 우리는 이런 상황에 익숙해졌다. 굳이 할머니에게 그 유언장을 어디서 났는지 물어보지 않았다.

"……줘보세요."

아빠가 할머니에게서 그 봉투를 받았다. 이미 각오가 되어 있는 분위기였다. 아빠가 봉투 안에 들어 있던 것을 꺼냈다.

"어?"

그런데 거기에는 두꺼운 도화지가 한 장 들어 있었다.

"이건……."

다 같이 그 두꺼운 종이를 들여다보았다.

커다란 벚나무와 근처 느티나무 아래에서 꽃구경을 즐기는 우리 가족의 모습을 그린 수채화였다.

그리고 위쪽에는 검은색으로 '고마워'라고 휘갈겨 쓴 아치형 글자가 떠 있었다.

더 이상 유언장이 아니었다.

보통의 그림엽서.

우리 가족에게 보내는 편지.

"……정말 못 말린다니까."

나도 모르게 풋 하고 웃고 말았다.

그러고 보니 엄마는 수채화도 배우러 다녔다. 이 그림은 그림 솜씨뿐 아니라 엄마의 달필까지도 빛을 발하고 있었다.

"어머나, 예뻐라……."

할머니는 아까 벚나무를 봤을 때와 똑같이 말했다.

"……맞아, 우리 엄마는 정말 대단해."

나도 이제부터 뭘 좀 배워보고 싶다는 생각이 들었다. 뭘 배우든

재미있겠지. 엄마와 같은 것을 배우면 좋을 것 같았다. 수예, 요리, 피아노, 기타, 거기다 킥복싱과 카포에라, 물론 서예와 수채화도.

뭐든 시작하기만 하면 엄마를 한 번 더 만날 수 있을 것 같은 기분이 들었다.

"……네 엄마는 결국 우리가 이렇게 될 걸 다 내다보고 있었던 사람 같구나."

아빠가 단란한 가족 그림을 바라보며 침착하게 말했다.

"끝까지 가족에게 보내는 감동적인 메시지 같은 건 없었어."

마모루가 하늘을 우러러보며 어이없다는 듯이 툴툴거렸다.

"……후지이 4단이."

할머니는 여느 때처럼 밝은 목소리로 말을 꺼냈다.

"할머니, 후지이 4단은 이제 5관이야."

나는 평소처럼 고쳐주고 한마디 더 덧붙였다.

"그리고 언젠가는 후지이 6관이 될 거고."

그러자 다들 하하하 소리 내 웃었다.

지난 한 달 반 동안 웃지 못하고 지냈던 시간을 메울 듯 유쾌한 웃음소리였다.

이게 바로 행복을 누리며 사는 모습이라는 생각이 들었다.

봄바람에 벚꽃 잎이 흔들렸다.

마치 웃고 있는 것처럼 보였다.

분명 엄마도 어디에선가 웃고 있겠지.

활짝 핀 벚꽃처럼.

제3화

I Love You

1

시작은 《조제와 호랑이와 물고기들ジョゼと虎と魚たち》이었다.

그다음은 〈노킹 온 헤븐스 도어Knockin' On Heaven's Door〉였다.

무슨 소리인가 하면, 나와 기사라기 스즈카의 만남에 대해서다.

내가 스물세 살, 기사라기가 스물한 살 때 우리는 처음 만났다.

장소는 도서관이었다.

그 무렵 나는 주말이면 역 근처 도서관에서 시간을 보냈다. 책은 어려서부터 좋아했고, 유일한 취미이기도 했다. 하지만 내 주위에는 그 취미를 공유할 만한 친구가 거의 없었다. 물론 여자친구도 없었다. 굳이 따지자면 인간관계가 얄팍한 쪽이었는데, 책속에 파묻혀 있을 때면 그런 것쯤은 아무래도 좋았다.

그렇기에 나는 이대로 괜찮다고 생각했다. 도서관이야말로 내가 있을 자리였다.

이 도서관에 와서 책을 읽는 행위는 이미 습관이라는 틀을 넘어 삶의 일부가 된 느낌이었다.

그런데 그랬던 주말의 도서관 생활에 난데없이 기사라기가 나타났다.

아니, 나타났다기보다는 제멋대로 끼어들었다고 하는 편이 더 적절할지도 모르겠다.

"그쪽이었구나."

솔직히 나는 기사라기가 꺼낸 첫마디가 무슨 뜻인지 알아듣지 못했다. 도서관에서 혼자 책을 읽고 있는 내게 대뜸 말을 걸어온 것이다. 이상한 사람한테 잘못 걸렸다 싶었다.

그런데 그런 것 치고는 눈앞에 있는 기사라기의 눈빛이 지나치게 진지했다.

"그 책, 대출 중이 아닌데 아무리 찾아도 없었거든."

나는 그 말을 듣고서야 기사라기의 말뜻을 이해했다.

"……이 책 말이야?"

내가 한 시간 전쯤 서가에서 빼내 읽고 있던 《조제와 호랑이와 물고기들》을 말하는 거였다.

"응, 그 책을 빌리고 싶어."

잔뜩 경직되어 대꾸하는 나와 달리 기사라기는 태연하게 말을 받았다. 뿐만 아니라 내 쪽으로 얼굴을 바싹 들이밀었다.

기사라기는 내가 평소에 가늠하던 타인과의 거리를 확 뛰어넘었다. 그래서 기사라기가 가까이 다가온 만큼 나는 엉거주춤 뒤로 물러날 수밖에 없었다.

"……조금만 기다리면 다 읽을 수 있는데."

"조금이라면 얼마나?"

"한 10분 정도."

내가 어림짐작으로 대답하자 기사라기는 미심쩍다는 표정을 지었다.

"뭐야, 그 정도는 기다릴 수 있으니까 괜찮아. 영화 내용을 잊어버리기 전에 읽고 싶었을 뿐이거든."

기사라기는 그 말만 남기고 냉큼 그 자리를 떠났다. 차례는 지킬 줄 아는 사람인 것 같았다.

"영화 내용?"

무심코 입속말로 중얼거릴 정도로 그 말이 마음에 걸렸다. 책은 많이 읽어도 영화와는 친하지 않아서《조제와 호랑이와 물고기들》이 영화로 만들어진 것도 몰랐다. 거기다 이 책이 영화로 만들어졌을 거라고 상상할 수 없었던 데는 이유가 하나 있었다.

"이 책이……."

나는 새삼《조제와 호랑이와 물고기들》책을 손에 들고 유심히 쳐다보았다.

기사라기는 어딘가로 사라지고 없었다.

약 10분 후, 잡지 코너에서 기사라기를 발견한 나는《조제와 호랑이와 물고기들》을 내밀었다.

"벌써 다 읽었어?"

믿기지 않는 듯한 기사라기의 두 눈이 내 쪽을 향했다.

하지만 그것보다 더 중요한 건 지금 내가 꼭 물어보고 싶은 질문이 있다는 것이었다.

"《조제와 호랑이와 물고기들》이 영화로 만들어졌다는 게 사실이야?"

기사라기는 태평스레 고개를 까딱하며 말했다.

"응, 방금 집에서 〈조제와 호랑이와 물고기들〉(우리나라에서 영화로 개봉될 때는 〈조제, 호랑이 그리고 물고기들〉이라는 제목으로 소개되었다) 영화를 봤거든. 20년쯤 전에 나온 건데, 쓰마부키 사토시와 이케와키 지즈루가 나오는 실사판 영화였어. 영화를 보고 원작 소설이 있다는 걸 알았고, 그래서 읽고 싶어져서 도서관에 온 건데?"

"이 책이 영화로……."

소설을 영화로 만드는 건 드문 일이 아니다. 하지만《조제와 호랑이와 물고기들》이 영화화됐다는 말에는 놀랄 수밖에 없었다.

"소설이 영화로 만들어지는 건 흔하잖아."

"아니, 《조제와 호랑이와 물고기들》은 이 책에서 30쪽 정도밖에 안 되는 단편 소설인데, 이게 영화가 됐다니까 신기해서."

"어머, 그게 정말이야?!"

기사라기가 큰 소리를 내는 바람에 주위의 눈총이 쏠렸다.

도서관에서는 절대로 하면 안 되는 행동이었다.

"죄, 죄송합니다……."

기사라기는 주위 사람들을 향해 연신 허리를 굽실거리더니 또다시 작은 소리로 내게 물었다.

"그건 몰랐어. 그럼 설마 소설에는 국사무쌍(원래는 한 나라의 둘도 없이 뛰어난 인재를 칭하는 말이지만, 마작에서는 평생 한 번 만날까 말까 할 정도로 좋은 패 중 하나이다) 같은 것도 안 나와?"

"국사무쌍……?"

상상도 못 했던 단어가 튀어나왔다.

"역(마작의 패)이야. 국사무쌍은 역만(역 중에서 점수가 높은 조합의 역)이고. 게다가 영화에서는 자기 차례에 패를 가져와서 완성했기 때문에 더블 역만이었거든. 그건 진짜 말도 안 되게 엄청난 일이야."

"흐음……."

마작은 어느 정도 알고 있었기에 망정이지 그런 지식조차 없었다면 기사라기의 입에서 나오는 말이 마치 주문처럼 들렸을지도 모를 일이다. 상대방이 말하는 내용이 진짜 《조제와 호랑이와 물고기들》이 맞는지 의심스러울 지경이었다. 실은 〈용과 호랑이와 마작 전설〉 같은 임협 영화를 본 게 아닐까.

"영화에는 마작 신이 그렇게 많이 나와?"

"그건 아니고, 초반에만. 주인공 쓰네오가 마작 게임방에서 아르바이트하는 설정이거든."

"소설에는 그런 설정은 없어. 쓰네오가 아르바이트하는 가게에 대해서는 한마디도 안 하거든."

책만 넘겨주고 곧장 돌아갈 생각이었건만, 이상하게도 대화가 이어진 것은 단순히 영화와 소설의 차이에 흥미를 느꼈기 때문일지 모르겠다.

나도 모르게 또다시 기사라기에게 질문을 던지고 있었다.

"영화는 결말이 어떻게 끝나?"

"어? 그거 말해도 돼?"

"응, 별 차이 없을 것 같거든."

그러자 기사라기가 영화의 결말을 간단명료하게 알려주었다.

그런데 그게 문제였다.

예상치 못한 결말을 듣게 된 나는 도서관 안에서 "허억?!" 하며 큰 소리를 내지르고 말았다.

"죄, 죄송합니다……."

좀 전의 기사라기와 똑같은 말이 튀어나왔다. 최악이다. 최악의 규칙 위반이다. 다시 한번 주위의 눈총을 받으며 사방팔방을 향해 허리를 꾸벅꾸벅 숙였다. 이유는 모르지만 기사라기도 나만큼 미안해하며 주위를 향해 허리를 굽혔다. 그런 다음 기사라기는 내게로 눈을 돌리고 귓속말하듯 작은 소리로 물었다.

"……소설은 결말이 달라?"

내가 화들짝 놀라는 바람에 기사라기도 눈을 크게 떴다.

"……응. 진짜 짤막한 소설이라서, 둘의 관계성을 드러내는 한 장면만 그려져 있다고 할까. 첫머리에서 쓰네오는 조제한테 자신을 남편이라고 하기도 하고."

"그랬구나, 달달한 해피 엔딩이구나."

"달달하다……."

그게 적당한 말인지 아닌지 분간이 되지 않았다. 그렇지만 조금 엇나간 느낌만은 확실했다.

"……뭐, 굳이 한마디 하자면 영화는 소설보다 사랑이 없는 방식으로 끝나는 것 같네."

나는 별생각 없이 그렇게 말했지만, 내 말을 들은 기사라기는 심각한 얼굴로 고개를 옆으로 저었다.

"그건 아닐 거야. 사랑은 확실히 있었어."

기사라기의 강한 눈빛이 내 몸을 관통할 것만 같았다.

"쓰네오와 조제는 서로 사랑했기 때문에 그런 선택을 했을 거야. 그러니까 나는 사랑이 없는 방식으로 끝났다고는 생각 안 해."

기사라기는 계속 말했다.

"물론 나도 서로 사랑해서 영원히 함께하는 해피 엔딩을 좋아하지만, 엔딩 크레딧이 올라간 후에 등장인물이 어떻게 될지는 아무도 모르잖아. 서로 사랑했지만 몇 년 후에는 헤어질 수도 있고, 120분이라는 상영 시간 동안에는 헤어졌던 두 사람이 나중에 다시 사귀게 될 수도 있고."

기사라기는 영화 속의 등장인물이 현실에 존재하는 것처럼 말했다. 그때까지 내게는 그런 감각과 사고방식이 없었기에 무척 신선하게 다가왔다.

"결말 이후는 생각해본 적이 없어서."

"나는 자주 상상하거든. 영화광들한테는 흔한 일일 수도 있지만."

그때 기사라기가 어깨를 살짝 움츠리며 말을 얹었다.

"뭐, 사실 나는 사랑이 뭔지 아직 잘 모르지만."

그건 나도 마찬가지였다.

나도 사랑이 뭔지 모른 채로 살아왔다.

사랑은 짐작도 가지 않는 데다 여태껏 진심으로 사랑했던 사람이 한 명도 없었기 때문인지도 모르겠다.

도대체 사랑이 뭘까.

다만 이다음에 내가 해야 할 행동만은 분명히 알고 있었다.

"······그럼, 난 이만."

내가 걸음을 떼자 기사라기가 나를 멀뚱멀뚱 쳐다보았다.

"벌써 가려고?"

"갈 데가 있어서."

그렇게 말하고 그 자리를 떠났다.

나는 역 앞에 있는 비디오 대여점을 향해 걸음을 옮겼다.

2

비디오를 빌려 온 날, 〈조제와 호랑이와 물고기들〉을 끝까지 다 봤다. 기사라기의 말마따나 영화와 소설은 결말이 달랐다. 뭐랄까, 영화화하면서 뼈대에 온갖 살을 갖다 붙인 느낌이었다.

소설에는 묘사되지 않았던 정보와 광경이 영화 속에는 여러 번 등장했고, 그때마다 나는 장면 장면에 시선을 빼앗겼다. 영화를 많이 보지는 않았지만, 이 영화는 명작이 틀림없다 싶었다. 영화를 다 본 후에는 뭐라 형언할 수 없는 감동에 휩싸여 다른 영화도 더 보고 싶다는 충동마저 솟구쳤다.

주말이 되자 어김없이 도서관으로 갔다. 그게 나의 한결같은 루틴이었다.

그런데 도서관에 도착했더니 입구 근처에 기사라기가 있었다.

지난주에 빌린《조제와 호랑이와 물고기들》을 반납하러 온 모양이었다.

"저기, 바다 안 갈래?"

내 얼굴을 보자마자 기사라기는 생각지도 못한 말을 입에 올렸다. 첫마디에 사람을 놀라게 하는 게 기사라기의 숨은 장기일지도 모르겠다.

"……밑도 끝도 없이 무슨 말이야?"

지난주에 처음 만났을 때도 말귀를 알아들을 수 없었지만 이번 주는 더 놀라웠다.

"바다에 가자고."

거의 같은 말을 되풀이했기 때문에 이번에는 이유를 확실히 물어봤다.

"난데없이 웬 바다? 도서관과 바다 사이에 무슨 관계가 있는지 모르겠네."

"난데없지 않을 텐데? 그날 그러고 나서 〈조제와 호랑이와 물고기들〉을 봤지? 그 영화를 보면 십중팔구 바다에 가고 싶어진단 말이야."

"……그런 뜻이었나."

영화를 봤을 거라고 기사라기에게 정곡을 찔린 건 못마땅했지만, 바다에 가고 싶다고 간절히 바라지는 않았다.

"글쎄, 그런 생각은 별로 안 했는데."

영화 후반에 두 사람이 바다에서 보내는 장면이 인상 깊어서 조금 부럽다고 생각한 건 맞지만.

"이상하네, 영화 본 거 맞아?"

"영화를 보고 당장 행동에 옮겨야 직성이 풀리는 쪽이 더 이상하거든."

"뭐가 이상해? 초등학생 때 〈해리 포터와 마법사의 돌Harry Potter and the Philosopher's Stone〉을 영화로 보고 나서 '윙가르디움 레비오우사' 하면서 연필 들어 올리는 놀이 같은 거 해봤지?"

"……난 안 했는데."

나는 원작 소설을 읽고 그런 놀이를 했으니까 세이프다. …… 아마도.

"매주 도서관에 오는 게 내 루틴이거든. 바다에 가는 건 너무 변칙적인 일이야."

내가 못을 박듯 말해도 기사라기는 고집을 꺾지 않았다.

"그럼, 그 루틴을 바꾸자."

"안 바뀌니까 루틴이라는 거야."

"괜찮아, 이미 흥미가 생겼잖아. 내가 차 갖고 왔으니까 같이 바다 보러 가자. 에도강을 따라 내려가면 도쿄만까지는 금방이야."

그 말을 끝으로 기사라기가 멋대로 앞장서서 걷기 시작했다.

"이미 흥미가 생겼다니, 난 전혀 생각 없어."

기사라기의 등에 대고 그렇게 말하자 기사라기가 뒤를 돌아보았다.

"당장 안 따라오면 지난주에 도서관에서 떠들었다고 클레임 걸어서 블랙리스트에 올려 버린다?"

그러더니 스마트폰을 꺼내 들고 내 사진을 찍었다.

"사진도 첨부해야지."

서부 영화에 나오는 총잡이만큼 재빠르게 일을 처리했다.

"이게 무슨……."

그러고는 샐샐 웃으며 다음 말을 이었다.

"아아, 이러면 이제 도서관 출입 못 할걸?"

사실대로 말하자면 처음에 큰 소리를 낸 건 기사라기였지만, 두 번째는 내가 잘못했으니 자업자득이었다. 괜히 결말을 물었다가 혼자 놀라 소리를 지르는 바람에 도서관 이용자들에게 피해를 줬다. 그렇지만 그런 일로 블랙리스트에 이름을 올리는 것만은 도저히 못 참는다. 게다가 사진까지 첨부하다니…….

"지금 그건 엄연한 협박이잖아……."

이렇게 되면 따라가지 않을 도리가 없다.

다만 적극적으로 항의하지 않았던 건 내게도 바다에 가고 싶은 마음이 아주 조금은 있었기 때문인지도 모르겠다.

주말에 도서관 안에 발을 들이지 않은 것은 3년 만에 처음이었다.

바다를 보러 가는 길에 도키와 마사오미와 기사라기 스즈카라는 서로의 이름과 나이 등등, 첫 만남에서 알아야 할 정보를 그제야 알게 되었다. 우리는 서로를 이름 대신 성으로 부르기로 합의하고 마지막 순간까지 그 호칭을 바꾸지 않았는데, 그건 둘 다 기사라기와 도키와라고 부를 때의 울림이 마음에 들었기 때문일 것이다.

"제일 좋은 시간에 온 건지도 몰라."

도쿄만이 내다보이는 곳에 다다르자 기사라기가 그렇게 말했다.

도서관에서 나올 때부터 이미 이른 시간이 아니었던지라 도착하고 보니 마침 석양이 바다 뒤편으로 넘어가려 하고 있었다. 붉은색과 오렌지색이 섞인 석양빛이 바다를 비추고 있었다. 마지막으로 바다를 본 게 언제였는지 기억도 안 나는 탓에 그 광경을 앞에 두고 나는 숨을 삼키는 것마저 조심스러웠다.

"예쁘다……."

기사라기는 눈앞에 드러난 광경을 바라보며 솔직하게 감상을 말했다. 아닌 게 아니라 그 말이 정말 딱 맞아서 그 이상 적절한 말은 없을 것 같았다.

문득 나는 바다와 석양을 넋을 잃고 바라보는 기사라기에게 눈길을 보냈다.

기사라기의 얼굴에도 붉은빛이 걸려 있었다. 무의식적으로 그 모습이 예쁘다고 생각했다. 처음 만난 후부터 이 순간까지 한 번도 기사라기의 얼굴을 제대로 보지 않았다. 그건 말할 때 상대방의 얼굴을 똑바로 쳐다보지 못하는 내 성격 탓이었다. 그렇지만 지금은 기사라기가 바다에 닿은 석양에 정신이 팔려 있었기 때문에 처음으로 기사라기의 얼굴에 시선을 맞출 수 있었다.

고양이처럼 커다란 눈동자, 동그스름한 짧은 머리, 친근감이 느껴지는 부드러운 얼굴선. 그리고 살짝 위로 올라간 입꼬리와 석양을 바라보는 눈빛. 그 모습 위로 붉은빛의 석양이 쏟아지고 있었다.

"그거 알아? 천국에는 주제가 하나야. 바다지."

기사라기가 저무는 해를 응시하며 입술을 움직였다. 이번에도 엉뚱하기 짝이 없었다. 갑자기 천국이라는 말이 등장해서 놀라긴 했지만, 연극 투의 목소리를 듣자 감이 왔다.

"혹시 영화 대사?"

"딩동댕, 정답!"

내가 아주 조금이나마 기사라기 스즈카라는 존재를 이해하기 시작했다는 사실을 스스로도 알 수 있었다.

"이건 〈노킹 온 헤븐스 도어〉라는 영화에 나오는 대사야."

"영화를 정말 좋아하는구나."

"응, 미치도록 좋아."

기사라기는 웃으며 말을 계속했다.

"그리고 이렇게 바다를 바라보는 것도 좋아해. 석양이 저무는 순간이면 훨씬 더 좋고."

눈앞에 펼쳐진 광경은 기사라기가 띄운 배에 억지로 타지 않았더라면 결코 볼 수 없는 것이었다. 〈조제와 호랑이와 물고기들〉이라는 영화도 그렇고, 어느새 나는 기사라기가 좋아하는 것을 같이 보고 있는 셈이었다.

그리고 기사라기가 좋아하는 것들을 나도 좋아하기 시작했다.

"바다는 역시 특별한 것 같아. 이유는 잘 모르지만."

기사라기가 사랑스러운 눈길로 바다를 바라보며 말하기에, 나도 나름의 의견을 내놓기로 했다. 이 상황에 꼭 맞는 영화 대사 같은 건 떠오르지 않았지만, 예쁘다는 말 대신 다른 말로 지금의 고양된 기분을 설명하고 싶었다. 책이라면 나도 적지 않게 읽었으니까.

"어쩌면 유전자에 새겨져 있을지도 몰라."

"유전자?"

"응, 바다는 생명의 근원이라고들 하잖아. 생명이 탄생한 곳이니까 마음이 차분해지는 거지. 모두의 고향 같은 곳이라서 다시 돌아온 듯한 기분이 들 수도 있고. 그리고 파도 소리도 한몫하는 것 같아. 자연계에는 '핑크 노이즈(재생 주파수 대역에서 고르게 재생되는 노이즈로, 자연에서 발생하는 규칙적인 소리가 대표적이다)'라는 현상이 있는데, 파도 소리나 시냇물 소리, 새소리에도 나타나거든. 그 소리가 사람에게 위안을 준다고 하더라."

책에서 얻은 지식을 모조리 끌어와서 설명을 마치자 기사라기가 내 쪽을 보면서 대꾸했다.

"미안, 무슨 소린지 모르겠어."

"……."

불발로 끝나고 말았다.

기사라기도 괜스레 미안했는지 두둔하듯 말을 이었다.

"뭐, 그런 건 몰라도 역시 바다는 좋아."

"그건 그런데, ……훗."

"왜 그래?"

기사라기가 터무니없이 대충 감상을 말하는 바람에 나도 모르게 웃음이 터져 나왔다.

"좋다."

"뭐야, 갑자기?"

"아니, 어쩐지 우스워서."

"지금 깔보는 거지?"

"아냐, 깔보다니. 오히려 존경하는데."

"그 말투가 점점 더 바보 취급하는 기분이 드는데?"

농담이 아니라 진심이었다.

기사라기는 나와 정반대인 사람이었다.

나라는 인간은 사소한 것도 이리저리 재고, 곱씹고, 망설이고, 걱정을 하다 하다 적당한 핑곗거리를 찾아내 결국 아무것도 안 하곤 했다. 그런 나 자신이 싫어질 때도 있었다.

그런데 그런 나와 반대 성향인 기사라기가 삶을 대하는 방식과 가치관을 옆에서 보고 있자니 정말 존경스럽다는 생각이 들었다.

왠지 좋아.

그걸로 충분했다. 괜히 설명을 덧붙일 필요가 없었다. 그렇게 네 글자로 짧게 끝내는 쪽이 훨씬 더 근사하다는 생각마저 들었다.

"이런 바다를 또 볼 수 있으면 좋겠다."

석양이 수평선 너머로 반쯤 모습을 감췄을 때 내가 그렇게 운을 띄우자 기사라기가 문득 생각났다는 듯이 대답했다.

"나도 가보고 싶은 바다가 있는데. 거기서는 도쿄만이 아니라 태평양으로 지는 해를 볼 수 있대."

"태평양으로 지는 해? 그게 가능하다고?"

내가 눈을 휘둥그레 뜬 건 서쪽으로 지는 석양을 일본의 동쪽에 위치한 태평양에서 보는 건 어렵지 않을까 생각했기 때문이다.

"응, 지바에 있어. 언젠가 보러 가자. 참, 그때까지 〈노킹 온 헤븐스 도어〉 꼭 봐."

"……알았어."

이번에는 기사라기가 띄운 배에 자발적으로 올라타고 싶어졌다.

그 후로는 매주 둘이서 여기저기를 돌아다녔다. 마쿠하리와 후나바시, 그리고 도쿄도 갔다. 지금껏 좀처럼 가본 적 없는 노래방도 가고, 기사라기가 예전부터 해왔던 자원봉사 활동에도 같이 참여했다. 물론 둘이 함께 도서관에서 시간을 보낼 때도 있었고, 대형 서점과 DVD를 잔뜩 갖추고 있는 비디오 대여점에도 갔다. 기사라기는 OTT 서비스보다 실제로 영화 DVD가 진열돼 있는 대여점에 가는 것을 더 좋아했다. 그쪽이 새로운 만남이 있을 수 있다고. 그건 내가 서점을 찾아가는 이유와도 비슷했다.

나는 전보다 영화를 더 많이 보게 되었고, 기사라기는 전보다 책을 더 많이 읽게 되었다. 신기하게도 우리는 취향이 비슷했다. 그건 어쩌면 서로가 무수히 많은 책과 영화를 접하고 엄선한 작품을 소개했기 때문일 수도 있다. 서로가 좋아하는 것을 교환하며 행복한 나날을 보냈다.

도서관에서 처음 만나고 반년 남짓 지났을 무렵부터 우리는 사귀기 시작했다.

교제를 시작하고도 우리 사이는 별로 달라지지 않았다. 그전처럼 좋아하는 곳을 찾아가며 둘이서 그날그날의 즐거움을 공유했다. 철마다 같이 꽃구경을 가고, 이벤트가 열리면 같이 보러 갔다. 근처 빵집에서 파는 맛있는 크루아상처럼 사소한 것도 우리에게는 큰 행복으로 다가왔다.

어느새 내게 기사라기는 둘도 없이 소중한 존재가 되어 있었다. 사랑한다는 말은 쉽게 입에 올리지 못했지만, 그날 바닷가에서 저물어 가는 석양을 바라보며 "하하핫, 왠지 좋아"라며 마치 꽃이 핀 것처럼 활짝 웃던 기사라기는 더없이 사랑스러웠다.

그런 날들이 3년 정도 이어졌다.

기사라기는 대학을 졸업하고 일을 시작했다. 물론 둘 다 결혼까지 진지하게 생각하고 있었다. 그런 이야기를 나누기에는 전에 말했던 태평양 너머로 가라앉는 석양을 볼 수 있는 장소가 안성맞춤이라고 생각했다. 그래서인지 우리는 처음 만났을 때부터 언젠가 가보자고 했던 그곳을 아직도 찾아가지 않았다.

그리고 그 언젠가는 영원히 오지 않았다.

처음 만난 날부터 4년, 사귀기 시작하고 3년 반이 지났을 즈음이었다.

기사라기가 병에 걸렸다는 것이 밝혀졌다.

기사라기는 바로 입원했다.

너무도 갑작스레 일어난 일이었다.

나는 매일 일이 끝나자마자 병원으로 달려갔다.

기사라기의 표정에는 별 차이가 없었다. 오히려 입원하기 전보다 더 건강해 보였다.

하지만 그게 꾸며낸 표정이라는 것은 옆에 있는 내가 제일 잘 알았다.

나는 알면서도 평소와 똑같이 기사라기를 대했다.

일요일이면 비디오 대여점에 들렀다가 기사라기가 좋아할 만한 영화를 빌려 병원에 가는 것이 새로운 루틴이 되었다.

그때마다 기사라기는 무슨 특별한 선물이라도 받은 양 미소를 머금고 "고마워" 하고 말했다.

갑자기 찾아온 병마도 우리의 관계를 바꾸지는 못했다.

고작 이런 일로 흔들릴까 보냐!

하지만 치료는 순조롭지 않았다.

무리해서 강한 척하던 기사라기의 얼굴에 그늘이 드리워지고, 점점 웃음이 줄어들었다.

영화를 보는 횟수도 더욱 뜸해지고, 얄궂게도 화창한 하늘을 올려다보는 날이 늘어났다.

고통스러웠으리라.

옆에서 지켜보기만 하는 나도 견딜 수 없이 괴롭고 참담해졌다.

울고 싶었다.

그렇지만 울 수도 없었다.

누구보다 울고 싶었을 기사라기가 아직껏 눈물을 보이지 않았기 때문이다.

그러던 어느 날, 몇 날 며칠 주치의를 조르고 졸랐더니 겨우 외출 허락이 떨어졌다.

기사라기에게 가고 싶은 곳을 물었더니 "태평양 너머로 저무는 석양이 보고 싶어"라는 대답이 돌아왔다.

나는 꼼꼼하게 준비해서 기사라기를 그곳으로 데려가기로 마음먹었다.

그곳은 지바 남단에 있는 노지마사키 등대(지바현 미나미보소시 미나미보소 공원에 있는 팔각형 등대로, 꼭대기에 서면 도쿄만과 태평양의 탁 트인 전망을 볼 수 있다)였다.

지바현을 남하하는 유료 도로를 타고 가다가 화장실도 갈 겸 우미호타루(도쿄만 기사라즈 인공섬에 건설된 고속 도로 휴게소)에 들렀다.

내부 시설을 둘러보고 전망대로 나가자 기사라기는 또 하늘을 올려다봤다.

그렇지만 병실에서 하늘을 바라보던 눈빛과는 사뭇 달랐다.

탁 트인 하늘. 그 광대한 하늘에서 새가 기분 좋게 날갯짓했다.

바람이 셌다. 새는 느긋하게 바람을 맞으며 상승 기류를 타고 춤을 추는 것처럼 보였다.

그리고 하네다 공항에서 이륙했는지 비행기 몇 대가 하늘 위로 날아올랐다.

비행기는 거대한 새 같기도 하고, 영원히 손에 닿지 않을 우주
선 같기도 했다.

그런데 우리의 짧은 여행은 거기서 돌연 막을 내려야 했다.

기사라기의 몸 상태가 급변했기 때문이다.

즉시 구급차를 불러 병원으로 돌아갔다.

그 후로는 소설 《조제와 호랑이와 물고기들》처럼 짤막한 이야
기가 이어진다.

3

병원 침대 위에서 기사라기가 "미안해"라며 나지막이 중얼거렸다.

나는 그날처럼 "밑도 끝도 없이 무슨 말이야?"라고 대꾸했다.

기사라기가 사과할 일은 하나도 없으니까.

기사라기는 아무 잘못도 하지 않았다.

이렇게 된 건 기사라기 탓이 아니었다.

그러고 나서 기사라기는 막혀 있던 둑이 터진 듯 울음을 쏟아냈다.

나도 울었다.

하염없이 눈물이 흘렀다.

이런 엄청난 일을 어떻게 감당한단 말인가.

내게는 아무 힘이 없었다.

내가 할 수 있는 일은 그저 왜 기사라기냐고 원망하는 것밖에 없었다.

왜 하필 우리가 이런 일을 겪어야 하느냐며 세상을 향해 참을 수 없는 분노를 터뜨리는 게 고작이었다.

마지막 순간에 무슨 말을 나눴는지는 기억이 나지 않는다.

나도 기사라기도 말을 잇지 못했다.

현실에서 맞이하는 이별은 소설에 나오는 이별과 이토록 다르다는 걸 그때 처음 깨달았다.

우미호타루에서 돌아오고 이틀 후, 기사라기는 잠을 자듯 조용히 눈을 감았다.

기사라기의 장례식에는 사람들이 가득 들어찼다.

기사라기는 다양한 이들과 교류가 있었기 때문에 조문객이 매우 많았다. 학창 시절 친구, 취미 활동을 같이 했던 친구, 같이 자원봉사 활동을 했던 사람들, 회사 사람들, 물론 친척들도 많이 찾아왔다.

기사라기와 나는 정반대였다. 나는 친구는 물론이고 가족과도 서먹서먹한 사람이었다. 내가 초등학생 때 부모님이 이혼했고, 나는 고등학교 졸업과 동시에 집을 나와 거의 연락을 끊고 지냈다. 그런 내가 기사라기를 만났고, 나는 그렇게 여러 사람들과 이어져 있는 기사라기를 황홀한 눈길로 바라보았다.

기사라기는 사람들 속에서 살아가고 있었다.

또한 사람들을 위해 살아가던 사람이었다.

기사라기는 주위 사람들과의 관계를 대단히 중요하게 여겼고, 주위 사람들도 기사라기를 소중히 대했다.

그런 사람이었다.

그런데 왜 그런 사람이 이렇게 빨리 죽어야 하는지 나는 이해할 수 없었다.

병으로 아니, 여러 가지 사정으로 날마다 많은 이들이 세상을 떠난다.

그리고 나처럼 누군가의 죽음을 진심으로 슬퍼하는 사람도 분명 많이 있을 것이다. 한 사람이 죽으면 열 명 아니, 백 명 아니, 그보다 더 많은 사람이 슬퍼하겠지. 이 세상에는 얼마나 많은 슬픔이 퍼져 있는 걸까. 그 슬픔을 견딜 수 있을 만큼 세상은 강한 걸까.

기사라기라는 한 생명이 사그라진 것뿐이건만 내 눈앞의 세상은 아예 딴 세상이 되어 버렸다.

기사라기가 떠나자 텅 빈 시간이 흘러갔다.

혼자가 된 후로는 도서관도, 서점도, 비디오 대여점도 가지 않왔다.

곳곳에 기사라기의 흔적이 남아 있을 것 같아서 가까이 가고 싶지 않았다.

집 밖에 나가더라도 기사라기와 같이 간 적 없는 곳만 골라서 갔다.

이미 외톨이였지만 더 철저하게 외톨이가 되고 싶었다.

그런 식으로 사람을 피하며 지내다가 이윽고 내가 다다른 곳은 자연 속이었다. 자연이라고 해도 캠핑 같은 건 성미에 맞지 않아서 걷고 또 걷는 등산을 선택했다. 몸을 움직이지 않고 가만히 있으면 안 좋은 생각이 머릿속을 휘저을 것 같아서였다.

오로지 걷고 또 걸었다. 잡생각을 떨쳐내듯 묵묵히 걸었다.

그런데 기사라기가 떠나고 반년이 흘렀을 즈음, 산을 오르다가 예상치 못한 사고를 당하고 말았다.

실족 사고였다.

발이 미끄러지는 바람에 인적이 없는 골짜기 아래로 떨어졌다.

게다가 공교롭게도 다리가 부러져서 움직일 수도 없었다.

휴대폰도 해약해 버린 터라 아무에게도 도움을 청하지 못한 채 시간만 흘려보냈다.

밤이 깊어지자 사방이 절간 같이 고요했다.

그렇지만 상상했던 것처럼 완전히 어둠에 잠기지는 않았다.

반달이 하늘을 헤엄치고 있었다.

반쪽짜리 달이 반짝이는 빛을 땅에 떨어뜨려 주었다.

만약 저 달이 보름달이었다면 얼마나 휘황찬란했을지 상상도
되지 않았다.

우주의 구멍에 불시착한 듯한 신기한 광경이었다.

그 후, 두 다리도 자유롭게 움직이지 못하고 반달을 올려다보
는 것 말고는 할 수 있는 게 없는 상황에서 내 머릿속을 스친 것은
일상에서 기사라기와 주고받았던 평범한 대화였다.

"도키와는 '달이 아름답네요'가 무슨 뜻인지 알아?"

어느 날 밤, 둘이서 집 근처 공원을 산책하고 돌아오는 길에 기
사라기가 물었다.

독서가 취미인 내게는 너무 쉬운 질문이었다.

"나쓰메 소세키가 'I love you'를 그렇게 번역했잖아. 그냥 전해
지는 속설이라서 사실인지 아닌지 증명할 수는 없지만."

"뭐야, 알고 있었구나."

기사라기는 아쉽다는 투로 말했지만, 얼굴은 여느 때처럼 생글
생글 웃고 있었다.

이번에는 내가 기사라기에게 물었다.

"그럼 후타바테이 시메이(본명은 하세가와 다쓰노스케, 자신을 비

하하며 '죽어버려'라는 뜻의 '구테밧테시마에'와 발음이 비슷한 후타바테이 시메이를 필명으로 삼았다)는 뭐라고 번역했는지 알아?"

"몰라. '구타밧테시마에'같이 이름이 이상한 사람을 내가 어떻게 알겠어?"

"그건 누군지 아주 잘 안다는 뜻이잖아."

후타바테이 시메이라는 이름이 자신을 비하하여 '죽어버려'라는 뜻에서 유래했다는 것을 기사라기 앞에서 말한 적은 없지만, 그런 사정을 모르는 사람은 할 수 없는 말이었다.

"그건 됐고. 참고로 후타바테이 시메이는 '죽어도 좋아'라고 번역했대. 실제로는 'I love you'가 아니라, 러시아의 인기 작가 이반 투르게네프가 쓴 《짝사랑Ach》이라는 소설에서 여자 주인공이 했던 사랑 고백을 '죽어도 좋아'라고 번역한 거지만. '당신을 위해서라면 죽을 수 있어'라고 번역했다고 볼 수도 있겠지."

"'당신을 위해서라면 죽을 수 있어'라니, 후타바테이 시메이는 사랑이 버거웠나 보다. 나쓰메 소세키는 로맨티시스트고."

"유명한 문호도 각자 깊이와 무게가 다르다는 뜻이겠지."

그렇게 말하자 기사라기가 예상치 못한 질문을 내게 던졌다.

"그럼 도키와는 어떻게 번역할 거야?"

"응?"

"그러니까, 너라면 'I love you'를 어떻게 번역할 거냐고."

그 말을 들은 내 입에서는 아무 말도 나오지 않았다.

"……그건 생각 안 해봤는데."

나쓰메 소세키는 '달이 아름답네요'.

후타바테이 시메이는 '죽어도 좋아'.

그리고 나는?

그렇게 나란히 놓고 생각하기만 해도 송구스러운 기분이었다.

"……너는 어떻게 번역할 건데?"

혹시 기사라기는 다른 답을 갖고 있지 않을까 싶었다. 나와는 다르게 여러 사람의 사랑을 받으며 살아온 사람이기에.

"글쎄에……."

기사라기는 잠깐 생각하는 듯한 얼굴을 보이다가 이내 이렇게 대답했다.

"사랑해."

그러고 나서 기사라기는 내게 눈빛을 보내며 "하하하" 하며 소리 내 웃었다.

"뭐야, 그게."

그게 대답인 모양이었다.

그건 지나치게 직역이니까 대답으로 인정할 수 없다고 말하려던 찰나, 기사라기 말대로 그렇게 번역하는 것이 가장 맞겠다는 생각이 스쳤다.

나도 그렇게 대답했으면 좋았을걸.

사랑해, 라고.

하지만 말하지 못했다.

최후의 순간까지 말할 수 없었다.

그때 일을 떠올리며 나는 산속에서 홀로 조용히 숨을 거두었다.

둘 다 서른이 되기 전에 생을 마감했다.

영화로 치면 30분 남짓 되는 단편 영화, 소설로 치면 30쪽 정도 되는 단편 소설 같은 인생이었는지도 모른다.

나와 기사라기가 천국에 갈 수 있을지 없을지는 모르지만, 대화를 따라가지 못하는 일은 없을 것이다.

이미 둘이서 몇 번이나 바다를 보고 왔으니까.

하지만 우리가 천국에 갈 무렵에는 대화 주제가 바뀌었을 수도 있다.

〈노킹 온 헤븐스 도어〉라는 영화는 1997년에 나온 오래된 영화니까.

그런데 결국 내가 죽은 후에 간 곳은 천국이 아니었다.

아무것도 없는 유백색 공간이었다.

눈앞에는 키가 큰 남자가 한 명 서 있었다.

그리고 내가 눈을 뜨자 이렇게 물었다.

"당신이 마지막으로 만나고 싶은 사람은 누구입니까?"

4

"마지막 재회, 말입니까……."

작별의 건너편을 찾아온 도키와 마사오미는 안내인에게 한차
례 설명을 듣고 나서 중얼거리듯 말했다.

도키와의 목소리에 희망은 한 조각도 남아 있지 않았다.

도키와는 다음 말을 이었다.

"……나는 만나고 싶은 사람이 없어요."

도키와는 현세에 미련이 전혀 없었다.

왜냐하면 이제 그곳에는 보고 싶은 사람이 존재하지 않았으니까.

"내가 간절히 만나고 싶은 사람은 이미 세상을 떠났거든요……."

"혹시, 그분 이름이?"

안내인의 물음에 도키와는 천천히 대답했다.

"기사라기 스즈카입니다."

"기사라기 스즈카 씨……, 도키와 씨가 사랑하는 분이군요."

"예……."

도키와는 더 이상 말을 덧붙이는 일 없이 고개만 끄덕였다.

그저 침묵을 메워야 한다고 생각했는지 안내인이 도키와에게 물었다.

"기사라기 씨는 어떤 분이었습니까?"

"기사라기는……."

기사라기를 말로 간단히 설명할 수는 없을 것 같았다. 첫 만남부터 떠올려 봤더니 추억이 가득했으며, 그 추억 속에는 다양한 모습의 기사라기가 존재했다.

전부 다 기사라기였다.

"어……."

바로 그때 도키와는 한 가지 사실을 알아차렸다.

"왜 그러십니까?"

"……생각이 안 나요."

"생각이 안 난다고요?"

어째서 그토록 소중한 것을 잊어버렸는지 도키와 자신도 믿기지 않았다.

"……아무리 애를 써도 기사라기의 얼굴이 기억나지 않아요."

"기사라기 씨의 얼굴이……?"

"예……, 기사라기라는 존재와 기사라기와의 추억은 생생히 기억나는데, 안개가 자욱이 깔린 것처럼 기사라기의 얼굴은 떠오르지 않아요……."

도키와의 말에 안내인이 심란한 얼굴로 입을 열었다.

"어쩌면 죽는 순간에 기억 장애가 발생했을지도 모르겠군요. 충격을 세게 받았나 봅니다."

"……이런 사람이 많습니까?"

"아뇨, 그렇게 흔한 경우는 아니에요. 특정 부분만 기억을 못 하는 경우는 더더구나……."

안내인의 표정이 흐려지는 것을 보고 도키와는 고개를 작게 까닥였다.

"……그렇군요."

도키와도 자기 자신이 믿기지 않았다. 기사라기가 죽은 후에도 매일 기사라기의 얼굴이 떠올랐다. 한때는 잊어 보려고 노력했지만, 그래도 계속 생각났다. 그랬는데 지금은 아무리 애를 써도 얼굴을 떠올릴 수가 없었다.

기억을 되찾기 위해 단서를 더듬어 보려는 의도는 아니었지만, 도키와는 안내인에게 물었다.

"여기에 기사라기 스즈카가 왔습니까?"

이런 사후 세계가 있다면 기사라기도 여기로 오지 않았을까. 자신의 상황을 참고하자 그런 생각이 들었던 것이다.

그런데 안내인은 고개를 옆으로 살며시 저었다.

"기사라기 스즈카 씨가 세상을 떠난 것은 사실이지만, 제 쪽에는 안 왔습니다. 매일매일 현세를 떠난 사람들이 많이 찾아오고, 안내인은 저 하나가 아니거든요."

"……그렇군요."

그 말을 들은 도키와가 고개를 떨궜다. 세상을 떠난 것은 사실이라는 말이 도키와의 어깨를 무겁게 짓눌렀다.

"……일단 숨 좀 돌리시겠습니까?"

안내인이 조심스럽게 말했다. 그러고는 주머니에서 캔 커피 두 개를 꺼냈다. 도키와는 이 상황에서 왜 맥스 커피가 나오는지 어리둥절하기만 했다.

"저는 괜찮아요."

"그렇습니까……."

안내인은 캔을 따더니 생각에 잠긴 얼굴로 커피를 마셨다.

"그렇군요……."

그렇게 중얼거리고 또다시 생각에 잠겼다가 마침내 도키와를 향해 말했다.

"어쩌면 말이죠, 다른 안내인에게 물어보면 누가 기사라기 스즈카 씨를 맡았는지 알 수 있을지도 모릅니다."

"정말이에요?"

도키와가 다시 고개를 들었다. 기사라기와 연결되는 거라면 그게 뭐가 됐든 하나라도 더 알고 싶다는 게 지금의 솔직한 심정이었다.

"다만, 저희 안내인에게는 이곳을 찾아오는 분들의 비밀을 지켜야 하는 의무가 있어서요, 도키와 씨가 기대하는 정보를 얻기는 힘들 거예요. 이곳 작별의 건너편에서 기사라기 씨를 만난 사람이 있는지 없는지, 그 정도밖에 알아내지 못할 겁니다."

"그래도 괜찮아요. 시시콜콜한 내용이라도 기사라기에 관해 알 수만 있다면……."

그런다고 문제가 해결되지 않는다는 것은 도키와도 모르지 않았다. 단지 지금은 아주 하찮고 사소한 것일지라도 기사라기의 흔적을 찾고 싶었다.

"……이대로 기사라기의 얼굴을 잊어버린 채로 있고 싶지 않거든요."

오직 그 생각만이 도키와의 가슴을 차지했다.

그러자 안내인은 짧게 박자를 맞추듯 한 번 더 커피를 입으로 가져갔다.

그러고는 이렇게 제안했다.

"어디까지나 만약입니다만, 기사라기 씨의 얼굴을 기억해 내기 위해 현세로 돌아가는 건 어떻습니까?"

"기사라기의 얼굴을 기억해 내기 위해……."

"예, 아무래도 기사라기 씨와 이어지는 힌트는 도키와 씨와 함께 보낸 현세에 있을 것 같거든요. 거기서 누군가와 마지막 재회를 하는 것도 괜찮고요."

"기사라기와 이어지는 힌트……."

도키와는 안내인의 말에 수긍이 갔다. 그렇다면 지금 다시 한 번 기사라기가 없는 현세로 돌아가는 것에도 의미가 있다. 그리고 도키와는 미련이랄까, 아직 가보지 못한 곳이 한 군데 남았다는 사실이 문득 생각났다.

"그럼 노지마사키 등대로 가야겠어요."

그날 기사라기와 같이 가다가 중간에 포기하고 돌아왔던 장소였다. 그렇다 보니 거기 가자는 약속은 최후의 순간까지도 이루어지지 못했다. 도키와는 기사라기 몫까지 그 광경을 눈에 새겨 오고 싶어졌다.

"석양이 지는 바다를 보러 가려고요."

"석양이 지는 바다, 말입니까?"

안내인은 의외라는 표정을 지었다.

"예. 바다는 바단데, 태평양으로 낙조가 지거든요. 지바에서 그런 광경을 볼 수 있는 곳은 거의 없어요. 그리고 기사라기와 꼭 가기로 약속했던 곳이기도 하고요. 그러니까 그날 지났던 길을 더듬어 가 다 보면, 기사라기의 얼굴도 또렷이 기억나지 않을까 싶어요."

"과연, 참 멋진 생각입니다."

안내인의 말에 도키와는 고개를 꾸벅 숙였다.

이미 마음의 준비는 끝났다.

"그럼 바로 가 보실까요?"

도키와의 마음을 눈치챘는지 안내인이 손가락을 딱 튕겼다.

그러자 나무로 된 문이 떠올랐다.

안내인이 손가락으로 문을 가리키며 말했다.

"이 문은 현세와 이어지는 문입니다. 이 문을 지나 현세로 돌아 가면 24시간이라는 제한 시간이 시작되니까, 나머지는 스스로 알 아서 하시면 됩니다."

안내인이 문 앞으로 도키와를 재촉했다.

도키와는 문 앞에 가서 섰다.

이 순간에도 역시나 기사라기 생각이 머리에서 떠나지 않았다.

"그럼 도키와 마사오미 씨, 잘 다녀오세요."

이것은 기사라기의 얼굴을 기억해 내기 위한 여행이다.

또한 기사라기의 흔적을 모을 수 있는 마지막 여정이다.

그런 생각을 하며 도키와는 천천히 문을 열었다.

5

눈을 뜨자 눈앞으로 차 한 대가 흘러가듯 달려가고 있었다.

그래서 내가 있는 곳이 어디인지 바로 알아차렸다. 집 근처 버스 정류장의 벤치였다. 벤치에는 나 혼자 앉아 있을 뿐이고 옆에는 아무도 없다. 한동안 버스도 오지 않을 듯했다. 때마침 해가 지기 시작한 시간인지라 햇빛이 어지러이 흩어지면서 어슴푸레한 빛깔을 뿜어내고 있었다.

소위 '매직 아워'였다. 기사라기가 추천한 영화 중에 〈매직 아워ザ・マジックアワー〉라는 작품이 있었다. 영상업계에서는 여명 혹은 황혼 시간대의 아주 짧은 시간을 마법처럼 아름다운 영상에 담을 수 있는 시간이라는 뜻으로 매직 아워라고 부른다고 한다.

어쩌면 내게는 지금부터 시작될 24시간이 마법과 같은 시간이 될지도 모른다. 그리고 다시 날이 저물 즈음 타임 리미트를 맞이하게 된다. 마지막 순간 노지마사키 등대 앞에서 저물어 가는 석양을 보고 나면 이 세상에서 내 흔적은 사라진다.

이해하기 쉬운 타이밍이었다. 혹시 안내인이 여기까지 계산한 걸까.

최종 목적지는 노지마사키 등대.

그리고 여행의 가장 주된 목적은 그때까지 기사라기의 얼굴을 기억해 내는 것.

아무래도 그건 쉽지 않을 듯했다. 소지품이라고는 주머니 속에 든 만 엔짜리 한 장이 전부였다. 죽은 지 일주일도 더 지났기 때문에 살던 집에 들어가는 것도 불가능하다. 말하자면 사진이나 다른 물건들을 손에 넣을 수도 없다는 소리다. 또한 기사라기의 지인을 만나러 가려고 해도 내가 죽었다는 사실이 알려졌을 테니 그것도 어려울 것 같았다.

솔직히 말해 그런 것들은 처음부터 내 안에서 제외돼 있던 선택지였다.

나는 내 힘으로 기사라기의 얼굴을 기억해 내고 싶었다.

처음부터 그렇게 하기로 마음먹었고, 꼭 그렇게 해야 한다고 생각했다.

그러려면 빙 돌아가는 길이긴 해도 역시나 노지마사키 등대로 향했던 그날의 추억을 더듬으며 다가가는 것이 지금 할 수 있는 최선의 선택이라는 생각이 들었다.

"야, 기다려!"

그때 갑자기 목소리가 날아들었다.

"빨리 안 하면 들킨다고!"

그런데 그 말은 내게 하는 말이 아니었다. 학교가 끝난 초등학생 남자아이들이 장난치면서 집으로 가고 있었다.

그 아이는 전에도 본 적이 있었다. 한 5개월쯤 전이었나, 초인종이 울려서 현관으로 나가 봤더니 도망치는 초등학생의 옆모습이 눈에 들어왔다. 이른바 남의 집 벨을 누르고 튀는 '벨튀'였다. 처음에는 한 번으로 끝나는 장난인 줄 알았는데 며칠이나 계속 이어졌다. 지금처럼 저녁 무렵에 초인종을 누르고 도망쳤다.

그러나 이제 그 집에는 아무도 살지 않는다. 아무도 없는 집 안에 초인종 소리만 울린다고 생각하니 어쩐지 쓸쓸해지기만 할 뿐, 그 초등학생에게는 조금도 화가 나지 않았다. 기사라기가 죽고 얼마 안 됐을 때는 집 안에 틀어박혀 지냈던 터라 그 초인종 소리에 문을 열고 집 밖으로 나오곤 했었다.

"고맙다……."

초인종을 누르고 도망친 아이에게 이렇게 말하는 건 이상할지 모르지만, 지금은 그게 내 진심이었다. 그나저나 이렇게 현세로 돌아오니 생각나는 바가 여러 가지 있었다. 역시 기사라기의 얼굴을 떠올리기 위해 돌아오길 잘한 것 같았다.

나는 그 단서를 찾기 위한 여행의 출발점이 될 가까운 역을 향해 곧장 걸어갔다.

근처 역에서 소부선 전철을 타고 종점인 지바역에서 내렸더니 하늘에는 온통 먹구름이 깔려 있었다. 원래대로라면 여기서 전철을 갈아타고 남쪽으로 더 내려가야 하지만, 지바역 부근에 들르고 싶은 데가 있었다.

"여기다."

내가 도착한 곳은 노래방이었다. 전에도 기사라기와 함께 지바역에서 가까운 이 노래방에 온 적이 있다. 그러니 여기서 기사라기를 기억해낼 만한 단서를 찾을 수 있을지도 모른다고 생각했다.

가게 안으로 들어가 머리를 빡빡 밀고 인상이 험악한 점원에게 다가갔다. 점원이 방을 안내해 주었다. 방에 들어오기만 했는데도 벌써 그날의 기억이 되살아나는 것만 같았다.

"첫 곡은 정해져 있어."

노래방에 들어온 기사라기의 입에서 나온 첫마디였다.

그러고는 기계를 만지며 퍼피(PUFFY, 일본의 여성 듀오)의 「아시

아의 순진アジアの純真」을 입력했다. 한참 전에 유행한 노래지만, 기사라기가 그 곡을 선택한 이유는 나도 알고 있었다. 〈보트〉라는 영화에 주인공 쓰마부키 사토시가 동네의 작은 노래 대회에서 「아시아의 순진」을 부르는 장면이 나오기 때문이다. 기사라기는 그 영화를 추천할 때도 "쓰마부키 사토시가 속이 뻥 뚫리게 「아시아의 순진」을 부르는 장면이 나오니까 꼭 봐"라고 당부했었다. 〈조제와 호랑이와 물고기들〉을 좋아하는 것도 그렇고, 어쩌면 기사라기는 쓰마부키 사토시라는 배우의 팬이었을지도 모르겠다.

기사라기는 자리에서 일어서서 노래를 불렀다. 그러면서 때때로 펀치를 날리듯 한쪽 팔을 앞으로 뻗었다. 사실 그건 퍼피가 다른 곡을 부를 때 추는 안무였지만, 그런 건 전혀 신경 쓰지 않는 듯했다. 음정 같은 건 안중에도 없다는 듯 자기 기분에 취해서 불렀기 때문에 빈말로도 잘 부른다고 할 수는 없었지만, 듣고 있으면 왠지 나까지 덩달아 기분이 좋아졌다.

내 차례가 돌아와서 비틀스의 「어크로스 더 유니버스Across The Universe」를 눌렀다. 이 노래도 기사라기와 같이 봤던 〈아이 엠 샘I am Sam〉이라는 영화에 나온다. 내 기억이 정확하다면 이 영화를 보는 동안 기사라기는 일곱 번이나 울었다. 결말을 뻔히 알면서도 생각하면 또 눈물이 나오는 모양이었다. 하지만 내가 노래를 다 부를 때까지 기사라기는 눈물을 한 방울도 흘리지 않았다. 그러더니 나를 보면서 말했다.

"노래방에서 첫 곡으로 팝송을 부르면 분위기가 가라앉을 확률이 높으니까 가능하면 선택하지 않는 게 좋아."

"앗."

나는 그런 건 전혀 몰랐다. 사실 노래방에 올 일이 좀처럼 없었다.

"처음에는 분위기를 띄우기 위해 다들 알 만한 노래가 무난하거든."

입으로는 그렇게 말하면서 기사라기 역시 〈아이 엠 샘〉에 나온 비틀스의 「블랙버드Blackbird」를 누르며 한마디 더 덧붙였다.

"물론 그런 거 신경 안 쓰고 자기가 좋아하는 노래를 고르는 게 최고지."

기사라기는 마이크를 손에 들고 신나게 노래를 불렀다.

그런데 이렇게 사소한 일까지 기억하면서 기사라기의 얼굴은 도무지 생각나지 않았다.

기억 속에서 기사라기의 얼굴만 내내 새하얀 안개로 덮여 있었다. 그 안개가 내 기억을 방해했다. 여행이 끝날 때쯤에 이 안개가 걷힐지도 미지수였다. 나는 과연 기사라기의 얼굴을 떠올릴 수 있을까.

똑똑, 문을 두드리는 소리가 났다.

"저기……."

문을 열고 들어온 사람은 카운터에 있던 빡빡머리 점원이었다. 점원은 근무 시간인데도 한 손에 스마트폰을 쥐고 있었다. 내 얼굴을 유심히 쳐다보다가 "이건 저희 가게에서 진행 중인 서비스 비슷한 겁니다"라며 바닐라 아이스크림을 테이블 위에 내려놓았다.

"괜찮으시면 드세요."

"아……."

서비스 비슷한 거라니, 그게 무슨 뜻인지는 몰라도 일단 그냥 받았다. 무슨 까닭인지 빡빡머리 점원은 그러고 나서도 곧바로 방에서 나가지 않았다.

"……저, 무슨 할 말이라도?"

"아뇨, 노래를 안 하시길래요. 표정도 나라 잃은 사람처럼 침울해 보이고."

아무래도 내가 아까부터 노래도 안 하고 기사라기 생각에 빠져 고개를 숙이고 있던 모습이 걱정된 모양이었다. 겉보기와 달리 자상한 사람이었다.

"아뇨, 괜찮습니다. 원래부터 노래방에 자주 오는 타입이 아니라서요."

변명이 길어졌다.

"게다가 직접 부르는 것보다 다른 사람 노래를 듣는 걸 좋아하는 편이라서……."

그렇게 둘러댄 건 아까부터 옆방에서 남자의 노랫소리가 새어 나왔기 때문이다. 대체로 옛날 노래가 많았다. 사와다 겐지, 후세 아키라, 서던 올 스타즈. 이따금 여자 가수 노래도 들렸는데, 지금 은 야마구치 모모에의 노래가 흘러나오고 있다. 이 노래 제목이 뭐였더라.

"맞습니다, 그런 분들도 분명 계시긴 한데……."

그런 건 두 명 이상이 같이 왔을 때나 있는 일이지, 옆방에서 흘러나오는 소리에 귀를 기울이지는 않을 테니 점원이 수상쩍은 눈빛을 보냈다. 그렇지만 지금은 이대로 이 상황을 모면할 수 있을 줄 알았다.

그런데 그때 점원이 예상치 못한 말을 꺼냈다.

"……그러면 기운 나는 노래 한 곡 불러 드릴까요?"

"……예?"

상상도 못 한 말이었다.

"그것도 지금 진행하고 있는 서비스 중 하나예요?"

"아, 뭐, 비슷합니다."

점원은 흐리터분하게 대답했다. 이제는 '비슷하다'라는 말이 새로운 뜻을 지닌 수수께끼처럼 들렸다. 나도 뭐라 대답하면 좋을지 몰라 망설이느라 애매한 침묵이 내려앉았다. 옆방에서 나는 노랫소리가 더 또렷하게 들렸다. 후렴이 시작되고서야 제목이 생각났다.

"……「작별의 건너편」."

"「작별의 건너편」을 불러 드리면 되겠습니까?"

점원은 그걸 신청곡이라고 착각했고, 나는 이왕 이렇게 된 거 일단 한 곡 들어보자 싶은 마음이 꿈틀거렸다.

하지만 내 머릿속에 떠오른 것은 같은 제목의 다른 노래였다.

그날 우연히 TV에서 들었던 노래다.

"페이퍼백의 「작별의 건너편」."

"페이퍼백……."

그렇게 웅얼거리며 점원은 고개를 까딱하더니 "여자 보컬의 노래라서 잘 부를 수 있을지 모르겠습니다"라는 전제를 깔고 익숙한 솜씨로 번호를 눌렀다. 점원도 이 곡을 알고 있는 모양이었다. 기분 좋은 피아노 소리가 방 안에 흐르기 시작했다.

페이퍼백의 「작별의 건너편」은 최근에 화제가 됐던 곡이다. TV에 방송된 뮤직 페스티벌에 출연한 무명의 그룹이 부른 곡인데 페스티벌에서는 상을 못 받았지만, 그 후에 음원이 공개되자 다운로드 수 1위를 차지하면서 CD로도 제작되어 화제에 올랐다. 그리고 페이퍼백은 그 곡을 발표한 뒤로 신곡을 한 곡도 내지 않았다. 여자 보컬에 관해서도 알려진 바가 전혀 없고 전설에 가까운 그룹 중 하나가 되어 사람들의 입에 오르내리고 있었다.

나는 이 노래를 기사라기와 함께 들었다. 기사라기가 입원해 있던 병실에서. 그건 정말 특별한 노래였다. 침대에 누워 있던 기사라기도 일어나 앉더니 TV 속으로 빨려 들어갈 듯한 기세로 화면을 뚫어지게 바라보았다. 그때 나는 기사라기의 눈에서 삶을 향한 강한 열망을 읽을 수 있었다. 당장이라도 사방으로 흩어질 것만 같던 기사라기의 마음을 단단히 붙잡아준 것은 분명 그 노래였다. 마음 깊은 곳에 가닿는 노래가 실제로 존재한다는 것을 그때 처음 알았다.

"시곗바늘이 8시를 가리키면"

여자 보컬이 부르던 것과는 아주 딴판으로 빡빡머리 점원이 노래를 부르기 시작했지만, 내 눈앞에는 그날 병실에서의 광경이 되살아났다. 음악은 그 순간을 가두는 앨범이라는 생각이 들었다. 그 노래를 들었을 때의 상황이 눈에 선했다.

"작별의 시간이 다가와"

"너는 잘 가, 또 보자, 인사했지만"

"나는 말할 수 없었어"

그러니 이 노래를 들으면 기사라기의 얼굴이 생각날지도 모른다. 그만큼 이 노래는 그날 내게 아주 특별한 노래가 됐으니까.

"아마도 더 잘 어울리는 말이 있을 텐데"

"난 안녕이란 말은 하지 않을래"

기사라기의 얼굴은 여전히 생각나지 않았다.

"서서히 아름다운 끝이 시작되고 있어"

"나는 곧 잠이 들겠지만"

"행복한 꿈을 계속 꾸고 있을게"

오늘을 끝으로 내가 이 노래를 다시 듣게 될 일은 없을 것이다.

"작별의 건너편에서 너를 만나면 뭐라 말할까"

왜냐하면, 들을 때마다 이렇게 눈물이 줄줄 흘러내리니까.

"고마워, 그리고 사랑해"

"이 세 글자만으로 끝을 맞이하는 세계가 있다면"

"얼마나 멋질까"

노래가 끝났다.

마지막까지 남은 것은 한 번 더 기사라기를 만나고 싶다는 간절한 바람뿐이었다.

"어떻습니까?"

노래를 다 부른 점원이 걱정스러운 얼굴로 나를 보며 물었다.

나는 솔직하게 대답하기로 했다.

"역시 이 노래는 여자가 부르는 게 좋을 것 같아요."

"……동감입니다."

점원이 마이크를 테이블 위에 내려놓았다.

그러더니 나를 빤히 쳐다보면서 입술을 움직였다.

"그런데, 왜 우십니까?"

"……왠지 좋아서요."

"……고맙습니다."

점원은 처음으로 얼굴에 미소를 떠올리며 그렇게 말했다.

눈앞의 화면에서는 내가 살면서 한 번도 만나보지 못한 97점이라는 점수가 번쩍이고 있었다.

6

아침까지도 기사라기의 얼굴은 생각나지 않았다.

혹시 기사라기가 꿈에 나타날지 모른다고 내심 기대했다. 하지만 그런 일도 일어나지 않았다. 역시 내 힘으로 해결할 수밖에 없다고 생각을 고쳤다.

그런데 아침이 되자 새로 생각난 것도 한 가지 있었다. 초등학생들이 초인종을 누르고 도망치던 일에 대해서였다.

매번 저녁 무렵 하교 시간에 초인종을 눌렀는데, 첫날만은 아직 첫차도 안 다닐 성싶은 이른 아침에 초인종을 눌렀다. 이른 아침에 누가 찾아오는 일이 거의 없기에 깜짝 놀라서 눈을 떴다. 어쩌면 그날은 소풍을 간다거나 해서 평소보다 일찍 학교에 갔던 것뿐일지도 모른다. 뒤늦게 문을 열어 봤지만 역시나 아무도 없었다. 그냥 초인종을 누르는 장난이었겠지만, 그날의 진상은 여전히 수수께끼로 남아 있다.

카운터에서 계산을 마치고 나서야 여기서 노지마사키 등대까지 갈 교통편이 없다는 사실을 깨달았다. 기사라기와는 렌터카를 빌려 노지마사키 등대로 가던 도중에 우미호타루에 들렀다. 하지만 지금은 그만한 돈을 갖고 있지 않았다. 우미호타루는 바다 위의 유료 도로에 있는 휴게소이기 때문에 전철을 타고 갈 수도 없다. 뒤늦게 커다란 문제와 직면하고 망연자실한 나는 이른 아침 노래방 앞에 우두커니 서 있었다.

"도키와 씨, 무슨 일 있어요?"

그때 안내인이 나타났다.

"이렇게 느닷없이 등장하는구나……."

그런데 그것보다 더 마음에 걸린 것은 안내인의 목소리였다. 어째서인지 지난번보다 목소리가 조금 쉰 것 같았다.

"목, 괜찮으세요?"

"아, 네, 괜찮습니다. 딱히 몸이 안 좋은 건 아니라서, 캑캑."

안내인이 캑캑 헛기침을 했다. 유백색 공간에서는 한 번도 보지 못한 모습이어서 수상하다는 생각이 들었다. 뭔가를 숨기는 듯한 태도를 보니 짚이는 것도 있었다.

"……혹시, 노래 불렀어요?"

"예에?"

"노래방에서."

"아, 아닙니다. 그럴 리가요. 안내인이라는 사람이 그런 세속적인 놀이서 빠져서 직업상 제일 중요한 목소리를 쉬게 만들다니요……."

안내인은 고개를 옆으로 획획 내저었다. 그런 과장된 몸짓이 오히려 더 의심을 부추겼다. 나는 옆방에서 한 세대 전에 유행했던 노래만 불러대던 손님이 생각났다.

"혹시, 옆방에 있던 사람이……."

옆방에서 들렸던 사와다 겐지, 후세 아키라, 서던 올 스타즈, 그리고 야마구치 모모에의 「작별의 건너편」. 그 유백색 공간과 이름이 같았다. 이 안내인은 보기와 다르게 그 당시 노래를 좋아하는지도 모르겠다.

"……그, 글쎄요."

강하게 부인하던 모습은 사라지고 어느새 어영부영하는 쪽으로 바뀌었다. 자백은 시간문제였는데, 그 타이밍에 빡빡머리 점원이 나타났다.

"손님, 이거 안 가져가셨어요."

그렇게 말하며 안내인에게 건넨 것은 가게에서 나갈 때 손님들에게 주는 목캔디였다.

"아니, 그건, 그러니까……."

"……역시 노래방에 갔었잖아요."

"……죄송합니다. 노래방에서 노래 부를 일이 좀처럼 없어서……."
순순히 자백했다.

그런데 그걸로 끝이 아니었다.

"그리고 손님, 다음에는 회원 카드 만들고 싶으면 신분증을 꼭 가져오셔야 합니다. 그게 없으면 절대로 못 만들어요."

"회원 카드까지 만들 생각이었고……."

"……죄송합니다. 너무 신이 나서 그만……."

안내인은 죽을죄를 지은 사람처럼 사과의 말을 늘어놓았다. 안내인으로 지내다 보면 흥이 오른 나머지 선을 넘고 싶어질 때도 있으리라. 당연한 일이라고 받아들임과 동시에 안내인에게서 인간미가 느껴져 친근감이 생겼다.

"두 분이 아시는 사이였군요."

점원의 눈에는 의외로 보일 수도 있다. 헤어질 때 점원은 내게 목캔디 하나를 더 챙겨 주었다. 이번에도 "서비스 비슷한 겁니다"라는 대사와 함께.

"아, 이제 어쩌지……."

점원이 가게로 돌아가자 나는 다시 한번 내 앞에 놓인 심각한 상황을 돌아보았다. 물론 우미호타루에 가지 않겠다는 선택지는 없었다. 그날도 우미호타루까지 같이 갔었다. 그러므로 노지마사키 등대에 가기 전에 꼭 들러야만 한다. 기사라기의 얼굴을 떠올릴 수 있는 단서는 틀림없이 거기 있다. 하지만 차가 없으면 우미호타루까지 갈 수가 없으니. 이럴 때는 어떻게 하면 좋을까…….

"이럴 때 기사라기 씨라면 어떻게 했을까요."

옆에 있던 안내인이 혼잣말처럼 말하고 나를 보며 싱긋 웃었다.

"기사라기라면…….."

나와 달리 쓸데없는 생각은 접어두고 일단 행동한다.

그리고 혼자가 아니라 누군가와 함께 사람들 속에서 살아간다.

안내인이 나를 향해 엄지손가락을 천천히 들어 보였다.

그게 단순히 최고라는 뜻이 아니라는 것은 나도 이미 알아차렸다.

기사라기라면 분명 그렇게 했으리라는 확신이 들었다.

기사라기처럼 행동하면서 기사라기를 기억해 내겠다는 생각은 어떤 의미에서는 이치에 맞다고 볼 수 있다. 그렇지만 그 방식이 나와 잘 맞고 안 맞고는 별개의 문제였다.

그랬다. 안내인이 나를 향해 치켜세웠던 엄지손가락은 히치하이크를 의미했다. 예전의 나였다면 어림도 없었겠지만, 오늘부로 다시는 만날 일 없는 사람들이라고 생각하니 길게 망설이지 않고 도전할 마음이 생겼다.

"······해보자."

노래방을 뒤로 하고 패밀리 레스토랑에 들어가 교통량이 늘어나는 점심때까지 기다렸더니 타이밍도 딱 맞았다.

"좋았어······."

엄지손가락을 세우고 히치하이크 사인을 보내며 달리는 자동차 쪽으로 가까이 다가갔다. 차 한 대가 쌩하며 지나갔다.

"······어쩔 수 없지."

주눅 들지 말고 한 번 더 도전.

하지만 차는 처음부터 나라는 존재는 없었다는 양 내 옆을 지나쳤다. 긴장해서 얼굴이 굳어 있었던 게 문제였을까. 최대한 웃는 얼굴로······.

"······자, 잘 부탁드립니다."

목소리를 쥐어짜며 트럭을 향해 신호를 보냈다.

"윽."

내게 돌아온 것은 배기가스뿐이었다.

트럭은 매정하게도 나를 두고 떠나갔다.

"······아직 괜찮아."

자, 다시 한번.

기사라기라면 이 정도로는 절대로 포기하지 않았을 테니까.

7

그러고도 한 시간 정도 똑같은 동작을 반복했지만, 나에게만 투명 망토가 씌워져 있는 건가 싶을 정도로 차들은 도로를 속속 지나가기만 했다. 관광지라면 몰라도 요즘 시대에 이런 데서 히치 하이크를 시도하는 남자가 수상해 보였을 수도 있다. 그렇다고 여기서 그만둘 수는 없는 노릇이라서 온 힘을 다해 지나가는 차들을 향해 신호를 보냈다. 그렇게 했는데도 소득이 전혀 없어서 반쯤 자포자기한 상태로 손바닥을 펴고 흔들었다.

그런데 그게 먹혔다.

차 한 대가 멈춰 섰다.

"어?"

처음에는 그 차가 나를 보고 멈췄다고 생각하지 못했다. 큰 차였다. 이른바 캠핑카라고 부르는 차다. 흰색 캠핑카가 도로변에 서서 비상등을 깜빡였다. 그러더니 뒷좌석 창문에서 팔이 두 개 뻗어 나와 좀 전의 나처럼 손을 흔들었다.

"태워 주겠다는 건가……."

반신반의하면서 차를 향해 냅다 달려갔다. 그러자 여자애와 남자애가 말을 붙여왔다.

"히치하이크 맞아요?"

여자애가 물었다. 나이는 고등학생 정도 됐을까, 어딘가 침착해 보이는 여자애였다.

"응, 아무도 안 세워주네……."

"봐, 맞잖아. 정답이었어."

이번에는 옆에 앉은 남자애가 말했다. 나이는 옆자리 여자애보다 두세 살 어린 중학생쯤 돼 보였다.

"정답 같은 소리 하고 있네. 뜬금없이 왜 히치하이크하는 사람을 태워주고 싶어졌을까……."

두 사람은 남매가 확실하다. 말투와 분위기에서 그런 느낌이 들었다. 게다가 눈, 코, 입, 이목구비도 닮았다.

"이봐, 태워주는 거야 상관없는데, 어디까지 가나? 같은 방향이 아니면 못 태워줘."

이번에는 운전석에서 목소리가 날아왔다. 운전하는 사람은 남매의 아버지일 것이다.

"우미호타루까지 갑니다."

"우미호타루! 우리도 거기 가는 중이에요."

고마운 우연이었다.

"좋아, 그럼 얼른 타게. 꼭 잡아야 할 거야. 우리 배는 날아다니거든."

목적지가 바다 위의 우미호타루여서일까, 운전석에 앉아 있는 아버지의 말투가 특이했다.

"지금 우리 아빠가 이상한 스위치가 켜졌지만, 신경 안 써도 돼요."

차에 올라탄 나를 보며 여자애가 조곤조곤 말했다.

"말만 저러지, 날아갈 생각은 눈곱만큼도 없어요. 뼛속부터 착실한 사람이라서."

이번에는 남자애가 거들었다.

둘 다 아버지의 성격을 훤히 꿰뚫고 있는 것 같았다. 확실히 아버지는 내가 좌석에 앉을 때까지 느긋하게 기다려 줬을 뿐만 아니라, 출발하기 위해 액셀을 밟을 때조차도 진동이 느껴지지 않을 만큼 부드럽게 운전했다.

"으악!"

그런데 차가 출발하자마자 소리를 내지를 상황이 찾아왔다. 장식품처럼 구석에 가만히 앉아 있어 있는 줄도 몰랐던 할머니의 존재를 그제야 알아차렸기 때문이다.

"죄, 죄송합니다. 잘 부탁드립니다……."

고개를 숙이고 인사하자 할머니가 천천히 내 쪽으로 눈을 돌렸다.

"있잖아, 후지이 4단이 말이지, 참 대단해."

"할머니, 후지이 4단은 이제 5관이라니까."

옆에 앉은 여자애는 마치 미리 짠 것처럼 익숙하게 말을 받았다.

지금 내가 얻어 타고 있는 차 안의 네 사람은 가족 여행 중인 듯했다. 그리고 이 캠핑카는 최근에 가족의 반대를 무릅쓰고 아버지가 돌연 중고로 구입한 모양이었다.

"앞으로 우리한테 더 넓은 세상을 보여 주겠다면서 기합이 단단히 들어가 있어요."

약간 기가 찬다는 듯이 여자애가 말했다.

"아직 운전이 익숙하지 않아서 지바 밖으로 나가본 적도 없지만요."

훨씬 더 기가 찬다는 얼굴로 남자애가 말했다.

"……아버지가 특이하고 재미있는 분이구나."

내가 무심코 꺼낸 말에 남매가 놀라 움찔거렸다. 그 이유는 아

버지의 반응 때문이었다

"그래? 특이하다고? 자네, 사람 보는 눈이 있군! 하하하, 맞아, 나는 특이한 사람이야!"

특이하다는 말에 이렇게 좋아하는 사람도 드물지 않을까. 남매는 이런 상황을 한두 번 겪는 게 아닌지 어처구니없다는 반응을 보였다.

"아빠는 특이하다는 말만 들으면 좋아 죽어요. 다른 칭찬은 필요 없다니까요."

"지금까지 농담 한 번 안 하고 착실하게 살았던 사람이었기 때문에 반작용이 생겼을지도 몰라요."

두 남매가 비슷한 텐션으로 한마디씩 했다. 그러더니 여자애가 말을 이었다.

"난데없이 캠핑카를 사고 가족 여행 가자, 같은 말이나 하고……. 뭐, 우리에게 기운을 북돋아 주려는 건지도 모르지만요."

그렇게 말하고는 기억 속을 걷는 듯한 표정으로 먼 곳을 바라보았다. 남자애도 마찬가지였다.

이 차 안에는 할머니는 있지만 어머니가 없다. 그 사실은 눈치채고 있었다. 그게 가족의 기운과 연관이 있는 걸까.

"……좋은 아버지시구나."

내 입에서 저절로 그런 말이 흘러나왔다. 내 말에 남매도 자연스레 고개를 끄덕였다.

"맞아요, 좋은 아빠예요."

"이상한 소리만 안 하면 훨씬 더 좋은 아빠겠지만."

두 아이는 그렇게 말하고 해맑게 웃었다.

"그건 그렇고, 궁금한 게 있는데요……."

여자애가 나를 쳐다보면서 말을 꺼냈다.

"오빠는 왜 혼자 우미호타루에 가려는 거예요?"

그 말을 들은 나는 머릿속으로 할 말을 정리하고 조금 늦게 대답했다.

"……생각할 게 있거든."

"생각할 게 있다……."

내 말뜻을 해석하듯 여자애가 따라 말했다.

"혹시 소중한 사람과의 추억 같은 거예요?"

"……응. 이제 없지만 말이야."

그렇게 대답하고 보니 이 대화는 여기서 끝내야겠다 싶었다. 모처럼 가족 여행을 즐기는 중인데 내가 찬물을 끼얹는 말을 했는지도 모른다. 다만 거짓말은 하기 싫었다. 그런데 내 설명이 부족했는지 커다란 오해를 불러오고 말았다.

"힘내세요! 실연은 충격이겠지만 또 다른 만남이 기다리고 있을 거예요! 그리고 오빠는 잘생겼으니까 괜찮아요!"

"아, 아니……."

완전히 착각하고 있다. 이 여자애가 나를 배려해 애써 밝은 분위기로 바꾸고자 그렇게 말한 걸 알기 때문에 바로잡아야 하나 말아야 하나 망설여졌다. 내가 망설이는 사이 이야기는 계속 진행되고 있었다.

"우미호타루에서 맛있는 거 먹어요. 맞다, 우미호타루는 바지락 라면이 유명하다면서요? 분명 좋은 일이 생길 거예요. 조개가 입을 벌리듯이 길을 활짝 열어주고 운을 좋게 만들어 주는 라면도 있겠죠!"

"고, 고맙다……."

여기서 굳이 바로잡으면 너무 어색해질 것 같아서 나는 질문으로 대화의 흐름을 바꾸기로 했다.

"우미호타루에 들른 후에는 어디 가는데?"

그러자 여자애가 리듬을 타며 대답했다.

"느긋하게, 여유롭게, 한가롭게 지낼 수 있는 곳이요."

그 말은 어쩐지 어디서 들어본 느낌이 들었다.

"초승달 호텔이에요."

그때 남자애가 담담히 말을 덧붙였다.

지바에서 유명한 호텔이었다.

"그렇게 빨리 알려주면 어떡해! 넌 그냥 외국 인디밴드 노래나 부르고 있으라고."

"지금 이게 그거랑 무슨 상관인데!"

초승달 호텔 이야기는 어디로 사라지고 난데없이 남매가 심각하게 말싸움을 시작한 와중에, 운전석에 앉아 있는 아버지만 묘하게 흥이 올라 있었다.

"신난다! 우미호타루가 가까워지니까 다들 노래까지 부르고 분위기가 달아오르는구나! 이대로 즐겨보자! 전속력으로 돌진!"

말은 그렇게 했지만 속도는 그대로였다. 조금 전에는 진로를 변경하려고 끼어든 차에 길까지 양보했다.

맨 끝에 앉아 있는 할머니는 그런 가족들을 흐뭇하게 지켜보고 있었다.

나는 왠지 웃음이 올라왔다.

이번 여행에서 제대로 웃어본 게 지금이 처음일지도 모른다는 사실에 혼자서 한 번 더 웃음을 터뜨렸다.

우미호타루에 도착하자 차를 얻어 탄 걸로도 모자라 식사까지 대접받았다. 국물 맛이 일품인 바지락 라면도 맛있었고, 진짜 가족 여행이라도 온 것 같은 기분이 들었다.

밥을 먹은 후에는 실외로 나가 도쿄만 아쿠아라인 해저 터널을 뚫은 실드 굴진기의 실물 회전식 날붙이로 만든 기념비를 구경했다. 이 회전식 날붙이가 달린 실드 굴진기가 해저를 뚫고 나가 지바현과 가나가와현을 연결했다는 사실을 떠올리자 새삼 대단히 웅장한 기념비구나 싶었다.

그 가족과는 거기서 헤어졌다. 가족은 소토보 방면의 가쓰우라로 간다고 했는데, 아직은 여기서 하늘을 좀 더 감상하고 싶다고 했다. 하늘은 쾌청하지 않았다. 쾌청하기는커녕 두꺼운 구름이 군데군데 깔려 있었지만, 하늘을 올려다보는 할머니의 눈동자는 침울한 흔적이라고는 찾아볼 수 없을 만큼 한없이 맑기만 했다.

그 후 나는 혼자 시설 안으로 들어갔다. 의도하지는 않았지만 내가 선 곳은 살아 있는 바다반디(일본어로 바다반디는 '우미호타루'라고 한다)가 전시되어 있는 작은 수조 앞이었다.

바다반디는 아주 작은 생물이다. 전체 길이는 약 3밀리미터. 낮에는 해저에서 생활하는 작은 물벼룩으로 파란빛을 뿜는 것으로 유명하다.

"앗."

타이밍이 좋았는지 그 순간이 찾아왔다.

파란색 빛이 물과 섞이며 희미하게 녹듯이 사라졌다. 그런 느낌의 빛이었다. 실제로 바다반디는 스스로 빛을 내는 것이 아니라, 물속의 산소와 반응해서 파란색으로 빛나는 물질을 방출할 뿐이다. 그렇기에 바다반디의 빛은 지상에서 빛나는 반딧불처럼 아른아른 흔들려 보이지 않고, 작디작은 파란색 불꽃이 터지는 것처럼 보인다.

그 광경을 보면서 나는 기사라기를 생각했다.

기사라기의 몸 상태가 파도가 일렁이듯 눈에 띄게 나빠지던 시기의 병실 풍경이 나를 찾아왔다.

"……이제 나 보러 안 와도 돼."

요 며칠 몸 상태가 좋지 않았는데, 오늘은 아침부터 침대에서 한 번도 일어나지 않았던 기사라기가 천장을 바라보며 말했다.

"왜 그런 말을 해?"

나는 기사라기에게 눈길을 보내며 물었다.

"그냥."

"이유라도 좀 알자."

내가 여러 번 보챘더니 기사라기는 내게서 시선을 돌린 채로 입을 열었다.

"……더 이상 보여주고 싶지 않아."

나는 그 말을 듣고 무슨 뜻인지 바로 이해하지 못했다.

"……지금보다 더 약해지고, 마음마저 추악해져서 엉망이 돼버릴 내 모습 말이야."

기사라기는 힘없이 혼잣말처럼 중얼거렸다.

"그럴 리가 없잖아."

나로서는 도무지 생각도 하지 못한 말이었다. 그래서 단호한 어조로 말했다. 기사라기의 마음이 추악해지다니, 절대 생각할 수 없는 일이었다.

그런데 기사라기는 말머리를 돌리고 싶은지 내게 특이한 질문을 하나 던졌다.

"······도키와는 자신이 불행하다며 우는 사람한테 질투해본 적 있어?"

"응?"

처음에는 질문의 의미를 알아들을 수 없었다.

스스로 행복하다고 말하는 사람에게 질투하는 거라면 몰라도 불행하다는 사람에게 질투하는 게 가능할까.

기사라기는 그대로 말을 이어갔다.

"나는 있어. 이 병원에 온 뒤로 여러 번 그랬어."

기사라기는 마치 죄를 고백하는 사람 같았다.

"옆 침대에 누워 있던 환자 말이야. 예순 살쯤 됐을까, 지금은 다른 병실로 옮겼는데, 그 사람이 그랬어. '어째서 손주가 태어나자마자 시한부 선고를 받아야 하는 거야. 나는 너무 불행한 사람이야'라고······. 그러면서 슬프게 울었어."

기사라기는 계속 말했다.

"그때 옆에는 아들도 있고, 태어난 지 얼마 안 된 손주도 같이 있었어. 다들 울고 있었어. ……그런데 있잖아, 그때 난 그 사람이 부러웠어."

기사라기는 천장에 시선을 고정한 채로 말을 이었다.

"이 사람은 어른이 돼서 일을 하고, 누군가를 만나 결혼도 하고, 자식도 낳고, 거기다 손주까지 얻고 예순 살까지 살았구나. 그렇게만 돼도 행복하겠다……."

기사라기는 아랫입술을 꾹 깨물었다가 다시 입을 열었다.

"……그렇지만, 그런 생각은 최악이잖아. ……나는 그 사람 인생의 한 장면을 지켜봤을 뿐인데, 마치 다 아는 양 행복한 인생 아니냐며 시샘했어. 그 사람이 지금까지 어떻게 살아왔는지도 모르면서 말이야. ……생각해 보면, 나 역시 얼마 전까지만 해도 무엇 하나 부족한 것 없이 살았잖아. 어릴 때는 학교도 다니고, 날마다 친구랑 재미있게 놀고……."

기사라기는 말을 멈추지 않았다

"……그랬으면 만족해야 하는 거 아냐? 이 세상에는 나보다 훨씬 더 힘든 사람이 많이 있으니까. 어릴 때부터 큰 병에 걸려서 학교조차 못 가는 사람도 있고, 태어났을 때부터 고통 속에 살아가는 사람도 있고, 힘든 가시밭길을 걸어가야 하는 사람도 있어. 그런 사람들에 비하면 나는 훨씬 행복한데……. 그런데도 다른 사람

질투나 하고, 나는 추악하고 형편없는 사람이야……."

"기사라기……."

자신이 행복하다고 말했지만, 기사라기의 그 말은 행복과는 거리가 먼 것처럼 느껴졌다.

온갖 상념에 빠져 있던 동안 기사라기는 자기 마음을 좀먹으며 궁지에 몰려 있었던 것이다.

그런 말을 늘어놓는 기사라기를 보기만 해도 가슴이 찢어질 것 같았다.

기사라기도 괴로워 보였다.

그래서 더 이상 말을 하게 내버려 둬서는 안 된다고 생각했다.

"그만해, 기사라기……."

나는 기사라기를 힘껏 끌어안았다.

눈동자에 눈물이 차오르는 기사라기의 얼굴을 가려주고 싶었다.

"나는 절대로 기사라기의 마음이 추하다고 생각하지 않아……."

내가 목소리를 쥐어짜며 말하자 기사라기는 가만히 내 가슴에 얼굴을 묻었다.

기사라기가 그런 말을 한 것은 그전에도, 그 후에도 없었고 오직 그때 한 번뿐이었다.

이유는 모르겠지만 눈앞의 바다반디를 보자 그날이 생각났다.

바다반디가 토해낸 파란색 불빛이 너무 아름다운 나머지, 그것과는 반대로 기사라기가 자기 마음이 추해졌다고 했던 말이 떠올랐다.

하지만 나는 결코 기사라기의 마음이 추하다고 생각하지 않는다.

당시 옆에서 기사라기를 지켜보는 것이 힘들었던 것은 사실이다.

사랑하는 사람이 순식간에 약해지고 강인했던 정신까지 일그러지는 모습을 보고 있자면 나까지도 힘에 부쳤다. 내 마음을 둘러싼 껍질이 날마다 뾰족하게 깎여 나가는 기분이 들었다.

그런 생각에 잠겨 있을 때였다.

"⋯⋯앗."

이번에는 바다반디가 불빛을 내뿜지도 않았는데 외마디 소리가 튀어나왔다.

그 순간, 어떤 생각 하나가 고개를 들었기 때문이다.

어쩌면 그래서 내가 기사라기의 얼굴을 기억해 내지 못하는 게 아닐까.

그날 봤던 기사라기의 그 모습이 내 안에 트라우마로 남아, 나 스스로 기사라기의 얼굴을 떠올리지 않으려고 하는 것이라면.

"설마⋯⋯."

그럴 리가. 아니다. 제발 아니길 바랐다.

그렇지만 머릿속에 떠오른 의문은 집요하게 나를 쫓아다녔다.

한번 그런 생각이 들자 내게 딱 들러붙어서 떨어질 줄을 몰랐다.

나는 그런 잡념을 떨쳐내고자 여기 우미호타루에 기사라기와 같이 왔던 날을 머릿속에 그려보기로 했다. 바다반디가 들어 있는 이 수조 앞에도 같이 왔었다.

그날 눈앞에서 살아 있는 바다반디가 파란색 빛을 뿜어내는 광경을 본 기사라기는 조용히 입을 열었다.

"아름다운 건 어쩜 이렇게 덧없을까?"

기사라기는 그 말만 했다.

더 이상 빛을 발하지 않는 수조를 가만히 들여다보며 그렇게 말했다.

그 말을 들은 나는 저절로 고개가 끄덕여졌다.

사계절을 되돌아보기만 해도 기사라기가 한 말의 의미를 아주 잘 이해할 수 있었다.

활짝 폈다 싶으면 어느새 지고 마는 봄날의 벚꽃.

섬광처럼 번쩍이다가 순식간에 사라지는 한여름의 불꽃.

알록달록 차려입자마자 땅에 떨어져 끝을 맞이하는 가을의 단풍.

하늘에서 내려와 계절이 지나면 흔적도 없이 사라지는 겨울철의 눈.

그 모든 것이 덧없으면서도 아름다웠다.

그렇다면 기사라기의 생명은 어땠을까.

덧없었다.

너무도 애처로웠다.

하지만 영원에 가까운 시간의 축을 끊임없이 돌고 도는 세상을 기준으로 보면, 기사라기뿐 아니라 사람의 생명은 전부 똑같이 덧없지 않을까.

그리고 똑같이 아름답지 않을까.

아름답지 않아도 되는데.

나는 다만 기사라기가 살아 있기를 바랐다.

아름답지 않아도, 눈부시지 않아도, 설령 때가 묻더라도 마냥 웃으며 살아 있기를 바랐다.

평생 내 옆에 있기를 바랐다.

오직 그뿐이었다.

이런 마음까지 망라해서 기사라기와 함께한 모든 추억이 트라우마가 되어버린 것은 아닐까.

혹시라도 기사라기의 얼굴을 떠올릴 수 없는 원인이 나에게 있다면, 이대로 노지마사키 등대까지 가본들 무슨 의미가 있을까 하는 회의가 밀려왔다.

그러면 최후의 순간까지 기사라기의 모습을 기억해 내지 못할 테니까.

나는 도망치듯 그 자리를 떠났다.

"아……."

그런데 스타벅스가 있는 층에 도착하자 훨씬 더 서글픈 광경이 나를 기다리고 있었다.

그곳은 통창 너머로 바깥 풍경을 관망할 수 있게 되어 있었다.

그렇지만 아까부터 세력을 넓혀가던 구름이 빗방울을 떨어뜨리고 있었다.

"이럴 수가……."

이렇게 되면 수평선 너머로 사라지는 석양을 볼 수 없다. 노지마사키 등대에 도착하더라도 기사라기가 보고 싶어 했던 일몰은 볼 수가 없는 것이다.

빗줄기가 점점 더 거세졌다. 바다 위로 떨어지는 빗방울은 이대로 영영 멈출 것 같지 않았고, 그래서 끝없이 반복되는 모습을 보고 있는 듯한 기분마저 들었다.

기사라기가 이 광경을 봤더라면 뭐라고 했을까. 끝이 없는 것은 덧없지 않으니까 아름답다는 말은 하지 않았으려나.

나는 이제 아무 생각도 나지 않았다.

기사라기의 얼굴이 머릿속에 떠오르는 일도 결코 일어나지 않았다.

"……저기, 괜찮으세요?"

별안간 목소리가 귓가에 닿았다.

이번에는 안내인이 아니었다.

검은색 앞치마를 두른 낯선 여자였다.

"……안색이 안 좋아 보여서요. 아, 저는 여기 스타벅스에서 일하는 점원입니다."

굳이 자신이 누구인지 밝힌 이유는 나를 안심시키기 위해서였을 것이다. 지바역의 노래방 점원에게도 비슷한 말을 들었다. 그때보다 더 지독한 얼굴을 하고 있을 테니 눈에 띄고도 남았겠지. 하지만 지금은 누군가와 말을 섞을 기분이 아니었다.

"……괜찮습니다, 원래부터 이런 얼굴이거든요."

"앗, 실례했습니다……."

상대방은 예상 밖의 말을 들은 탓인지 난감한 눈치였다. 그렇지만 내 생각과 다르게 바로 그 자리를 떠나려는 낌새는 보이지 않았다. 잠자코 있으면 그냥 갈 줄 알았는데, 여자가 또 질문을 해왔다.

"오늘은 여기까지 차로 오셨어요?"

그렇게 물어오니 무시할 수 없어서 자세를 바로 하고 대답했다.

"네, 히치하이크로."

"히치하이크요?! 굉장하네요!"

꿈에도 생각지 못한 단어를 들은 양 상대방이 확 달려들었다. 그러더니 눈빛을 바꾸며 물었다.

"여기서부터는 어떻게 가시려고요? 같이 왔던 사람이 계속 태워줘요?"

"아뇨, 여기까지 같이 온 사람들과는 좀 전에 헤어졌습니다."

"그러시구나. 그럼 이제 어디로 가시는데요?"

"……일단, 노지마사키 등대로."

일단이라는 말을 붙인 것은 망설임이 남아서였다. 비가 내리고 있었다. 그리고 무엇보다 나 자신에게 문제가 있는 거라면 노지마사키 등대까지 갈 이유도 없다. 어차피 기사라기의 얼굴을 기억해 내지 못할 테니까.

"그쪽 방향이면 일만 끝났으면 제가 태워드릴 수 있는데, 지금은 휴식 시간이라서요……."

"예에?"

생각지도 못한 말을 듣고 놀라서 소리를 질렀다. 이런 상황에서 태워 달라고 부탁할 마음은 추호도 없었다.

"아뇨, 그런 부탁까지 할 수는 없죠."

"아뇨, 아니에요. 히치하이크까지 해서 우미호타루에 와주신 분인데, 당연히 태워 드리고 싶죠. 이대로라면 바다 위에 남겨질지도 모르는 걸요?"

"그건 그렇지만……."

이대로 태워줄 사람이 나타나지 않으면 여기서 한 걸음도 움직일 수 없는 것이 사실이다. 유료 도로 위라서 걸어서 왔던 길까지 돌아가는 것도 불가능하다.

"제가 아는 사람들한테 노지마사키 등대 방향으로 가는 사람이 없는지 물어보고 올 테니까 잠깐만 기다려 주세요!"

"아, 아니, 저기."

"괜찮으니까 기다리고 계세요!"

서비스가 좋기로 정평이 나 있는 가게이긴 하지만, 이렇게까지 도와주다니 상상을 초월했다. 애당초 나는 커피도 주문하지 않았으니 손님도 아니었다.

내가 말려도 여자는 아랑곳하지 않고 그대로 뛰다시피 하면서 사라졌다.

그러고 십여 분이 지난 후에 여자는 자기가 선언했던 대로 차를 태워줄 사람을 데리고 돌아왔다. 나는 자기 휴식 시간을 허비하면서까지 일면식도 없는 남자에게 도움을 주려고 적극적으로 나서는 사람이 신기할 따름이었다.

"요즘 저희 가게에 자주 오는 단골손님인데 다테야마까지 간다고 하셔서요. 참 잘됐죠?"

여자는 나를 태워주기로 한 남자의 차 앞에서 마치 자기 일처럼 만족스레 웃으며 말했다. 일부러 주차장까지 배웅하러 나와준 것이다.

"정말 고맙습니다. 이렇게까지 도와주시고……."

"아니에요, '여행에는 길동무, 세상살이에는 인정'이라는 말도 있잖아요. 앞으로도 무슨 일 있으면 말씀하세요. 그리고 이건 덤이에요."

그렇게 말하면서 여자가 내민 것은 가게에서 판매하는 커피 한 잔이었다.

"이런……."

"제가 사드리는 거예요. 올봄에 새로 나온 건데, 오늘까지 한정 판매니까 꼭 드셔 보세요."

"그건 안 되죠. 돈 낼게요."

"괜찮아요, 히치하이크하시는 거 보니까 돈도 없으시잖아요. 무리하지 마세요. 그리고 여기서 돈을 받으면 제가 억지로 강매한 것 같잖아요."

"아니, 그래도……."

나는 그렇게 말하면서 여자가 억지로 쥐여주는 커피를 받아 들었다. 아직 따뜻했다.

"고맙습니다, 정말……. 보답을 못 해서 어쩌죠……."

나는 두 번 다시 여기 올 수가 없다. 그렇기에 미안한 마음이 더 커졌다. 지금 이렇게 감사 인사 하는 것 말고는 내가 할 수 있는 일이 없었다.

"저한테 보답하실 필요는 없어요."

"네?"

"제가 좋아서 하는 거니까요. 그래도 정 은혜를 갚아야겠다 싶으면, 다른 사람한테 선행을 베푸시면 되고요. 그때 그 사람한테도 이 말을 전해 주세요. 〈페이 잇 포워드Pay It Forward〉(2000년에 개봉한 미국 영화로, 우리나라에는 〈아름다운 세상을 위하여〉라는 제목으로 소개되었다)처럼요."

"……〈페이 잇 포워드〉?"

처음 들어보는 말에 불쑥 되묻고 말았다.

"어머, 모르세요? 〈식스 센스The Sixth Sense〉며 〈포레스트 검프Forrest Gump〉에 나왔던 천재 아역 헤일리 조엘 오스먼트가 나오는 영화예요."

"〈식스 센스〉와 〈포레스트 검프〉는 아는데……."

아무래도 이 여자도 영화라면 사족을 못 쓰는 사람 같았다. 혹시 나는 영화를 좋아하는 사람들과 만날 운명인 걸까.

"그럼 꼭 보세요. '페이 잇 포워드'란 내가 받은 호의를 다시 다른 사람에게 흘려보낸다는 뜻이거든요."

"호의를 다시 흘려보낸다……."

"네. 온 세상 사람이 그렇게 하면, 세상은 훨씬 더 살기 좋아질 거예요."

지금껏 내가 받은 호의를 다른 사람에게 흘려보내는 것이라면 아직 가능할 것 같았다. 비록 주어진 시간은 얼마 남지 않았지만.

"사실 〈페이 잇 포워드〉는 결말이 좀 별로예요……."

"결말은 말하지 마세요. 예전에 그것 때문에 호되게 당한 적이 있거든요."

〈조제와 호랑이와 물고기들〉의 결말을 알았을 때의 일이 트라우마처럼 되살아났다.

하마터면 도서관 출입을 금지당할 뻔했다.

"하하, 그게 좋겠네요. 〈식스 센스〉도 결말을 알고 보면 재미가 절반, 아니 90퍼센트나 뚝 떨어지잖아요."

그때 시동 거는 소리가 들렸다.

"준비됐습니다."

나를 태워주기로 한 남자가 부드러운 목소리로 말했다.

기가 막힌 타이밍이었다.

"저도 '페이 잇 포워드'할 수 있게 노력하겠습니다. 정말 고맙습니다."

내가 감사의 마음을 담아 인사하자 여자가 웃으며 또랑또랑한 발음으로 말했다.

"Have a nice day."

여자는 손을 흔들며 끝까지 나를 배웅해 주었다.

"즐거운 여행이 되길!"

8

"아, 저도 봤습니다, 〈페이 잇 포워드〉. 결말은 좀 별로였지만."

차에 올라탄 후 남자에게 물었더니 역시나 똑같은 대답이 돌아왔다. 결말에 대한 감상이 같은 모양이다. 그리고 이 세상에는 생각보다 영화를 좋아하는 사람이 많다는 사실에 놀랐다. 아니면 단순히 내가 영화와 동떨어져 살았던 것뿐일까. 기사라기를 만나기 전에는 TV에서 방영해 주는 영화만 봤었다. 여자가 물어서 대답했던 〈식스 센스〉와 〈포레스트 검프〉도 기사라기와 같이 본 영화였다.

나를 태워준 남자는 40대 정도로 보였다. 근무지도 집도 마쿠하리지만, 최근 들어 다테야마에 갈 일이 종종 생겨서 차를 몰고나왔다고 했다. 또 그때마다 우미호타루에 잠깐씩 들른다고 했다.

직업과 연관이 있는지 말투에서 상대를 깍듯이 모시는 느낌이 묻어났고, 나이가 어린 내게도 꼬박꼬박 존댓말을 썼다.

"그나저나 버스도 아니고 히치하이크를 선택하다니, 젊음이 좋긴 좋습니다."

남자의 말을 들은 순간 나는 퍼뜩 정신이 들었다.

"아아……."

우미호타루는 관광지라서 여기까지 오는 버스가 있는 게 당연하다. 굳이 차를 얻어 타지 않더라도 바다 위에 홀로 남겨지는 일은 없었다.

"버스는 생각 못 했습니까?"

남자가 빙그레 웃으며 물었다.

"네, 전혀……."

그 여자에게도 괜한 수고를 끼친 건 아닐까. 아니, 설사 그렇더라도 일부러 교통편까지 알아봐 준 여자에게는 정말 고마울 따름이다. 그건 꼭 필요한 시간이었다. 그 여자가 말을 걸어주지 않았더라면 지금 이렇게 노지마사키 등대로 가는 길을 달리고 있을지 없을지도 불분명하니까.

그 후 잠시 대화가 끊겼다. 그렇다고 분위기가 어색해지지는 않았다. 어쩌면 그건 남자가 온화한 분위기를 풍기는 사람이기 때문일 것이다. 차량 스피커에서 비틀스의 노래가 계속 흘러나오는 바람에 친근감도 느껴졌다. 이 빠른 템포의 곡은 분명.

"「에이트 데이즈 어 위크Eight Days A Week」네요."

"네, 맞습니다. 잘 아시는군요."

"좋아하거든요. 비틀스 노래는 무라카미 하루키와 이사카 고타로 책에도 나오고, 영화에도 자주 나오잖아요."

"그러면 이 곡의 제목 「에이트 데이즈 어 위크」가 무슨 뜻인지 알아요?"

"예?"

뜻까지는 몰랐다. 가만히 생각해 보니 일주일은 7일인데 이 노래 제목에는 일주일이 8일이라고 되어 있다.

대답할 말을 잃은 나를 보며 남자가 막힘없이 설명해 주었다.

"가사를 잘 들어보면 알 수 있겠지만, 이 곡은 러브 송이거든요. 일주일에 8일 동안 당신을 사랑한다, 내 사랑을 보여주기에는 8일도 모자란다고 가사에 나옵니다."

"아하, 그렇군요……."

그 말을 듣고 나니 막연히 밝게만 들리던 곡도 어쩐지 다르게 들렸다. 그리고 예전에 기사라기가 내게 물었던 'I love you'를 어떻게 번역할 것인가가 머리를 스쳤다.

"……비틀스라면 'I love you'를 어떻게 번역할까요?"

내 말에 남자가 피식 웃으며 대답했다.

"비틀스라면 그대로 'I love you'라고 하지 않을까요?"

"아, 듣고 보니 그렇겠네요……. 원래 영어를 쓰는 사람들이니까, 하하하."

당연한 말에 나도 모르게 웃음이 나왔다.

남자도 똑같이 웃고 있었다.

"이제 필요 없겠어요."

남자의 그 말이 무슨 뜻인지 곧바로는 알아차리지 못했지만, 그때까지 작동하고 있던 차량 와이퍼를 두고 한 말이라는 걸 한 발 늦게 이해했다.

곧 비가 그칠 듯했다.

구름 사이로 해가 얼굴을 내밀고 있었다.

"근사한 저녁 해를 볼 수 있겠군요."

남자가 웃으며 말을 건넸다.

"……다행이에요, 정말."

쏟아지는 한 줄기 빛을 받으며 나는 진심을 담아 그렇게 대답했다.

이어서 남자가 말을 덧붙였다.

"그러고 보니 비틀스 노래는 아니지만, '저녁 해'라면 드뷔시의 「아름다운 저녁Beau Soir」도 빠뜨릴 수 없죠. 드뷔시 곡 중에 흔치 않은 가곡인데, 바이올린 연주 버전으로 편곡한 곡의 선율이 아주 우아하고 아름답습니다."

"비틀스뿐 아니라 클래식도 훤히 꿰고 계시군요."

"아뇨, 그건 아니고요. 아버지가 좋아하셔서 듣다 보니 드뷔시만 좀 압니다. 「달빛」이나 「갈색 머리의 소녀」도 좋아하고요."

"그러시구나."

"예에. 그래도 운전할 때는 무조건 비틀스죠."

그렇게 말하며 남자는 짐짓 만족스레 고개를 끄덕였다.

나는 드뷔시의 다른 곡 제목을 더 듣는 동안 좀 전에 내가 했던 질문의 답을 찾은 듯한 기분이 들어서 그대로 말했다.

"……아마도 비틀스는 'I love you' 대신에 'All you need is love'라고 했을 것 같아요."

사랑한다가 아니라, 사랑이 전부라고 말하는 방식이 비틀스답다는 생각이 들었다.

그 말을 듣더니 남자는 왠지 모르게 기계처럼 설명하기 시작했다.

"그럴지도 모르겠군요. 참고로 「올 유 니드 이즈 러브All you need is love」는 1967년 7월 7일 영국에서 발매됐습니다. 세계 최초로 통신위성을 통해 25개국에 동시에 방송되는 프로그램을 위해서 만들어진 곡이기도 합니다."

"어떻게 그런 것까지 아세요? 저도 잡학을 좋아하는 편이거든요. 관심 없는 사람한테서는 쓸데없는 지식이라는 소리를 듣기도 하지만…….”

내 말을 들은 남자는 웃으며 고개를 옆으로 살짝 젓고 익숙한 대사를 내뱉는 사람처럼 말을 이었다.

“쓸데없는 지식은 없습니다. 그냥 참고하시라고요.”

다테야마역을 지난 지점에서 남자가 나를 내려 주었다. 여기까지 왔으니 노지마사키 등대까지 태워 주겠다고 했지만, 고맙다고 인사하고 정중하게 거절했다. 등대까지 가는 마지막 여정은 내 발로 뚜벅뚜벅 걷고 싶었다.

비가 갠 하늘. 군데군데 구름이 드리워져 있었지만 서쪽 하늘 아래를 가로막는 것은 하나도 없었다. 그리고 바로 그 위치에서 해가 주위를 환하게 비추고 있었다.

해는 벌써 꽤 기울어져 있었다. 저 해가 완전히 넘어갈 때쯤 나는 이 세상에서 흔적도 없이 사라진다. 24시간의 끝자락이 코앞으로 다가왔다.

“헉헉, 헉헉…….”

계속 걸었다. 끝이 보일 즈음에는 다리가 납덩이처럼 무거워졌다. 그래도 걸음을 멈출 수는 없었다. 굳이 이렇게 혼자 노지마사키 등대까지 걸어가기로 결심한 것은 머릿속의 나 자신과 한 번 더 마주하고 싶어서였다. 걸어서 산을 올랐던 그날처럼 잡생각을 떨쳐내고 생각에 잠기고 싶었다.

기사라기에 관해서.

나는 아직도 기사라기의 얼굴을 기억해 내지 못했다.

우미호타루에서는 그 원인이 마음 깊은 곳에 기억을 닫아두고 싶어 하는 내가 있어서가 아닐까 하며 나를 탓했다.

그러나 나는 이제 그렇게 생각하지 않는다.

왜냐하면 나는 참을 수 없게 기사라기가 보고 싶었기 때문이다.

그 마음에 거짓은 한 조각도 없다.

내가 원하는 것은 그것뿐이었다.

기사라기와 함께했던 모든 시간은 그 무엇과도 바꿀 수 없을 만큼 소중하다.

그러니 절대로 트라우마로 남았을 리가 없다.

단단히 뚜껑을 덮어두고 싶은 고통스러운 과거일 리도 없다.

내 기억 속의 기사라기는 단 한 순간도 아름답지 않을 때가 없었다.

물론 기사라기의 마음도 마찬가지였다.

기사라기의 입에서 한 번도 나온 적 없었던 약한 소리를 들은 다음 날, 나는 병원을 찾아갔다.

오후 8시가 지난 시간이었다. 기사라기의 몸 상태가 조금이나마 좋아졌는지 병원 간호사에게서 기사라기가 병실이 아니라 휴게실에 있다는 말을 들었다. 휴게실로 가자 어스레한 방 안에서 창문을 조금 열고 밖에서 불어오는 바람에 얼굴을 대고 있는 기사라기의 모습이 눈에 들어왔다.

기사라기는 내가 온 것을 알아차리지 못했다. 바람에 머리카락이 나부끼는 기사라기의 모습이 너무 아름다워서 나는 곧바로 말을 걸 수 없었다.

그런데 그때 사건이 일어났다.

살짝 열어놓은 창문으로 팔랑팔랑 춤추듯 나비가 들어왔다. 아니, 나방인지도 모른다. 어느 쪽인지는 분간할 수 없었다. 방 안의 불빛을 따라 들어왔는지 벌레는 길을 잃고 헤매는 듯 보였다.

하지만 기사라기는 싫은 내색 하나 보이지 않았다. 그 방에서 나오지도 않고 자리에서 일어나기만 했다.

벌레를 밖으로 내보내기 위해서였다. 그렇다고 창문을 열어 유도하는 방식은 아니었다. 기사라기는 벽에 붙어 있는 벌레에게로 살그머니 팔을 뻗더니 그대로 감싸다시피 하면서 자기 손안으로 들여보냈다. 무척 익숙한 솜씨였다. 기사라기의 포개진 손바닥 사이에는 공간이 제대로 확보되어 있었기에, 어떤 의미에서 그곳은 벌레에게 성역이나 다름없었다.

그런 다음 기사라기는 벌레를 감싼 채로 달빛이 비치는 창가로

가서 두 팔을 앞으로 뻗었다.

어쩐지 기도하는 모습 같기도 했다.

창밖으로 팔을 뻗어 두 손을 펼치자 벌레가 날아올랐다.

나비였다.

직감으로 알아차렸다.

하늘하늘 춤추며 달빛을 향해 날아갔다.

나비가 날아가는 모습을 바라보며 기사라기는 흐뭇한 표정을 짓고 있었다.

다른 사람이 보면 왜 저럴까 의아해할 만한 광경이었다. 이해할 수 없는 행동으로 비칠지도 모른다. 하지만 내게 그 모습은 매우 신성한 행위처럼 여겨졌다.

생명을 향한 경의가 느껴졌다.

기사라기의 손바닥 안에서 새 생명이 태어난 것만 같았다.

그런 모습을 본 내게는 기사라기의 마음이 추하다는 생각이 추호도 없었다.

기사라기의 모든 것이 아름답다고 생각했다.

나는 기사라기를 진심으로 존경했다.

기사라기를 애타게 다시 만나고 싶었다.

내가 기사라기를 한 번 더 만날 수 있는 방법은 하나밖에 없다.

그것은 내가 기사라기의 얼굴을 똑똑히 기억해 내는 것이다.

그것만이 내가 기사라기를 한 번 더 만날 수 있는 유일한 길이다.

나는 기사라기의 얼굴을 떠올리고 기사라기를 한 번 더 만나고 싶었다.

그래서 나는 지금 기사라기를 만나러 가고 있다.

더 이상 망설임은 없었다.

그렇게 여기까지 왔다.

마지막 걸음은 내 발로 내딛고 싶었다.

다시 한번 기사라기를 만나기 위해서.

"다 왔다……."

눈앞에 바다가 펼쳐져 있었다.

그리고 태평양 수평선과 닿을 듯 말 듯 한 저녁 해가 그 위에 걸려 있었다.

하늘에 떠 있는 구름까지 붉은 석양빛이 번지며 환상적인 분위기를 연출하고 있었다.

눈앞에 펼쳐진 광경을 바라보며 이제 곧 오늘이 끝나리라는 것을 절실히 느꼈다.

그러면 나의 마지막 하루도 끝을 맺는다.

겨우겨우 여기까지 왔다.

"여기가 태평양 너머로 석양이 저무는 곳이구나……."

이유는 모르지만, 여기까지 오는 길에 만났던 사람들의 얼굴이 아련히 떠올랐다.

혼자서는 절대로 여기까지 올 수 없는 여정이었다.

노래방에서「작별의 건너편」을 불러줬던 빡빡머리 점원.

우미호타루까지 태워줬던 캠핑카 가족.

내가 걱정돼서 말을 걸어줬던 스타벅스의 여자 점원.

끝으로 다테야마역까지 차로 태워준 남자.

이렇게 떠올려 보니 정말 여러 사람의 도움으로 여기까지 왔구나, 하는 생각에 가슴이 소용돌이쳤다.

많은 이들의 힘을 빌려 이곳에 도착했다.

지금까지 만났던 사람들의 얼굴은 이토록 선명하게 떠오르는데, 태평양으로 넘어가는 석양을 눈앞에 두고도 기사라기의 얼굴은 여전히 되살아날 줄을 몰랐다.

설마 이대로 마지막 순간을 맞이하고 마는 걸까.

아직 시간이 조금 남아 있긴 하지만, 그때까지 기사라기의 얼굴을 떠올리지 못하는 건 아닐까.

"여기가 노지마사키 등대……."

그렇지만 여기까지 온 것이 무의미하다고는 생각되지 않았다.

이런 작은 감정의 변화를 자각하고 있었다.

내가 만난 사람들이 나를 여기까지 이끌어 주었다.

노지마사키 등대로 갈 생각을 못했다면, 그 사람들이 내게 마음을 써주지 않았더라면, 절망의 구렁텅이에서 빠져나오지 못했을 것이다. 지금은 처음 작별의 건너편을 방문했을 때보다 한결 마음이 편안해진 것 같기도 했다.

그러니 그것만으로도 충분히 가치가 있다고 생각한다.

다만 기사라기의 얼굴이 기억나지 않으니 너무 답답하고 애가 탔다.

"기사라기……."

나는 이름을 읊조렸다.

여기 있을 리 없는 사람의 이름을 불렀다.

대답이 들려올 리도 없다.

그런데 그때, 목소리가 들렸다.

"저……, 실례합니다……."

반사적으로 뒤를 돌아보았다.

한 여자가 거기 서 있었다.

나는 한순간 흠칫 놀랐다.

물론 거기 서 있던 사람은 기사라기가 아니었다.

그렇지만 어쩐지 기사라기와 느낌이 비슷했다.

동그스름한 짧은 머리.

아주 약간 콧소리가 섞인 목소리.

닮은 구석이 그것뿐인데도 기사라기와 겹쳐졌다.

여자는 커다란 흰색 개를 한 마리 데리고 있었다.

"저기……, 저는 여기서 개를 데리고 매일 산책하는데요……."

"그러, 시군요……."

왜 말을 걸었는지 알 수 없었다. 하지만 문득 돌이켜 보니 이번 여행 중에는 내게 말을 걸어온 사람이 한두 명이 아니었다. 그러니 이 여자도 이상한 사람은 아닐 것 같았다.

그런데 그때 여자가 깜짝 놀랄 만한 말을 입에 올렸다.

"……당신은, 도키와 마사오미 씨 맞죠?"

"허업."

어떻게 여자가 내 이름을 알고 있는지 의아했다.

처음 보는 사람이었다.

"어떻게 제 이름을……."

여자는 선뜻 대답하지 않았다.

여자 역시 갑자기 벌어진 사태에 아직 마음의 준비가 덜 된 것 같기도 했다.

여자는 작게 숨을 내쉬고 마음을 굳힌 듯 입을 열었다.

"반년 정도 전에, 어떤 여자가 혼자서 여기에 왔었어요."

기사라기와 닮은 목소리로 여자는 말을 계속했다.

그때, 석양이 바다와 맞닿기 일보 직전의 순간이 찾아왔다.

"그 사람이 그랬어요. '혹시 도키와 마사오미라는 남자가 여기 와서 우울한 얼굴을 하고 있으면 말을 걸어 주세요'라고……."

"아……."

나는 그 말이 무슨 뜻인지 바로 알아듣지 못했다.

머릿속이 새하얘지는 느낌이었다.

하지만 몇 초 지나지 않아 여자의 말을 이해했다.

왜냐하면, 그렇게 말할 사람은 오로지 한 명뿐이니까.

"그 사람이 당신 사진을 보여 줬어요."

여자가 스마트폰을 꺼내 보여준 것은 내가 뜨악한 얼굴로 찍혀 있는 사진이었다.

나는 그 사진을 본 적이 있다.

도서관 앞에서 찍은 사진이다.

처음으로 같이 바다에 가게 된 날 기습적으로 찍힌 사진.

그 사진을 갖고 있는 사람 역시 한 명밖에 없다.

"……저랑 머리모양이 비슷하고, 잘 웃는 사람이었어요."

기사라기였다.

기사라기가 여기 왔었다.

"기사라기가, 노지마사키 등대에……."

우리는 노지마사키 등대까지 같이 온 적이 없었다. 그날도 우미호타루에서 발걸음을 돌려야 했다. 그리고 기사라기도 그때까지 노지마사키 등대에는 한 번도 가보지 못했다고 했었다.

그렇다면.

"……그 사람은 번개처럼 갑자기 나타났어요. 그 사람은 당신을 정말 소중히 여기는 것 같았는데, 자기가 도키와 씨를 위해 해줄 수 있는 건 이 정도가 다라면서……."

기사라기는 작별의 건너편을 찾아갔고, 마지막 재회 시간을 이용해 여기로 온 것이다.

그리고 이 여자를 만나 내 얘기를 했다.

내가 여기 올 것을 예상하고.

기사라기는 최후의 순간까지도 나를 걱정하고 있었다.

"기사라기가……."

나는 모르고 있었다.

기사라기가 이런 일을 벌였으리라고는 꿈에도 몰랐다.

"여기 왔었구나……."

나는 안내인에게 기사라기가 작별의 건너편에 왔는지 물었다.

혹시 기사라기가 마지막 재회의 시간에 나를 만나러 오지 않았을까 궁금했기 때문이다.

그렇지만 기사라기가 내 눈앞에 나타나는 일은 없었다.

물론 그 규칙 때문이겠지만.

'만날 수 있는 사람은 자신이 죽었다는 사실을 아직 모르는 사람뿐.'

이 얼마나 잔인한 규칙이란 말인가. 하지만 나와 반대로 기사라기는 많은 사람들과 이어져 있었다. 가깝게 지내는 친척과 친구와 지인이 내가 아는 것만 해도 수두룩했다. 나는 아마 그중 누군가를 만나러 갔을 거라고 속으로 생각했다. 기사라기라면 과거에 알던 사람까지 거슬러 올라가다 보면, 자신의 죽음을 모르는 소중한 사람이 어딘가에 있을 거라고.

그런데 기사라기는 단 한 번뿐인 마지막 재회의 시간을 나를 위해 사용했다.

나는 그런 기사라기의 마음을 전혀 알아차리지 못했다.

"그리고 그 사람은 이런 말도 했어요."

이야기는 그걸로 끝이 아니었다.

눈앞의 여자는 천천히 말을 이었다.

그러더니 기사라기에 대해 내가 모르고 있었던 일들을 전부 알려 주었다.

"……저뿐 아니라 여기 오면서 만난 사람들에게도 사진을 보여주며 같은 말을 했다고요. 집 앞을 지나가던 사람이나 가게 점원들까지, 자신이 만날 수 없는 사람을 제외하고 만날 수 있는 사람은 싹 다 만나 똑같은 부탁을 했다고 했어요. ……만날 수 없는 사람을 제외하고 만날 수 있는 사람이라니, 말이 좀 이상하긴 했지만요."

머릿속에서 혜성과 혜성이 충돌하는 것 같았다.

기사라기가 만나러 갔던 사람은 한 명이 아니었다.

그 순간, 나는 기사라기의 생각을 전부 이해할 수 있었다.

"그럴 수가……."

뒤돌아보면 여기까지 오는 동안 이상하다 싶을 만큼 많은 사람의 도움을 받았다. 기적의 연속이라고 해도 될 정도였다.

노래방 점원은 방 안에 혼자 가만히 있던 나를 위해 기운을 북돋아 주려고 노래까지 불러 주었다. 점원은 보통 그렇게까지 하지 않는다. 지금 생각해 보면 한 손에 스마트폰을 쥐고 나를 빤히 쳐다봤던 것도 어두컴컴한 방 안에서 사진과 내 얼굴을 확실히 비교하기 위해서였을 것이다.

스타벅스의 여자 점원도 내가 걱정돼서 말을 걸어 주었다. 나를 위해 굳이 여러 사람에게 물어보면서 차를 태워줄 사람을 찾아 주었다. 기사라기처럼 영화를 좋아하는 사람이었다.

그리고 집 앞을 지나가던 사람이라면, 혹시 그 초등학생도 그중 하나가 아니었을까. 이유는 모르지만 첫날만 이른 아침이었고 다음 날부터는 저녁 무렵에 초인종이 울렸다. 내가 집에 틀어박힌

채 두문불출할 것까지 예상하고 일부러 짜증이 나게 해서라도 밖에 나갈 명분을 만들어 주려던 게 아니었을까. 너무 나갔나 싶으면서도 그런 생각을 지울 수 없었다.

지금까지 일어났던 일은 전부 의미 있는 일이었다.

왜냐하면 기사라기라면 충분히 그럴 수 있다는 생각이 들었기 때문이다.

그러니까, 기사라기는⋯⋯.

아직 자신이 죽었다는 사실을 모르는 사람만 만날 수 있다는 규칙을 지키면서, 그 밖에 만날 수 있는 모든 사람을 만나러 간 것이다.

"기사라기⋯⋯."

정신이 들자 나는 또 기사라기의 이름을 부르고 있었다.

그리고 그 자리에서 한 걸음, 또 한 걸음 앞으로 나아가며 여자 옆을 떠나 힘차게 내달렸다.

"기사라기!"

이름을 부르짖으며 바다를 향해 달려갔다.

기사라기가 좋아하던 저물어 가는 태양까지 조금이라도 더 가까이 다가가고 싶었다.

나는 기사라기가 만날 수 있는 모든 이들에게 자신의 희망을 걸었다는 사실을 깨달았다.

사람들과 어울려 사람들 속에서 살아가던 기사라기였기에 가능한 일이었다.

이 세상에는 기사라기가 타인과 맺은 연결 고리가 잔뜩 남아 있다.

나는 마지막 재회라는 시간을 통해 기사라기의 흔적을 더듬으며 기사라기의 얼굴을 기억해 내고 싶었다.

내가 가는 곳마다 기사라기의 조각이 남아 있었다.

그리고 각각의 조각들은 하나로 이어져 있었다.

"기사라기……, 기사라기……!"

기사라기의 얼굴이 생각날 듯 말 듯 해서 몇 번이고 이름을 불렀다.

비가 갠 하늘처럼 머릿속의 안개가 서서히 옅어지고 있었다.

데생을 할 때처럼 내 머릿속에서 기사라기의 얼굴이 조금씩 윤곽을 드러내기 시작했다.

그랬기에 들리지 않을 걸 알면서도 이름을 부르짖었다.

이제 이 세상에 없는 사랑하는 사람의 이름을 계속 불렀다.

"기사라기!"

나는 이제야, 죽고 나서야, 절실히 살고 싶어졌다.

나는 어리석었다.

산속에서 골짜기 아래로 떨어졌던 날.

마음 한편으로 이대로 죽어도 괜찮지 않을까 생각했다.

살기 위해 필사적으로 발버둥 치지 않았다.

기사라기가 죽은 뒤에 내가 죽게 되면 기사라기를 위해 죽은 것 같은 느낌이 들어서 그편이 더 의미가 있겠다는 생각마저 들었다.

마음 밑바닥에 기사라기를 위해서 죽고 싶다는 바보 같은 생각을 품고 있었다.

하지만 지금은 다르다.

진심으로 살고 싶었다.

기사라기를 위해서 살고 싶었다.

"기사라기……."

이제야 그 답을 찾았다.

그날 공원에서 바람을 쐬고 집으로 돌아가는 길에 기사라기가 내게 "도키와는 'I love you'를 어떻게 번역할 거야?"라고 물었던 질문.

나쓰메 소세키는 '달이 아름답네요', 후타바테이 시메이는 '죽어도 좋아'라고 번역했다.

나는.

"너를 위해 살아갈게……."

그게 내가 찾아낸 답이었다.

간절히 그러고 싶었다.

기사라기가 가르쳐 주었다.

기사라기와 함께 있으면 그런 생각이 들었다.

……사람을 사랑한다는 것은, 그 사람을 위해서 살아가는 것이 아닐까.

그렇게 생각했다.

기사라기를 위해서 살고 싶어졌다.

기사라기는 내게 그렇게 해주었다.

기사라기가 누군가를 사랑하는 것은 그 사람을 위해 살아가는 것이라고 가르쳐 주었다.

기사라기를 만나고 나서야 사랑이 뭔지 조금은 알 것 같았다.

"……아아."

그렇게 답을 내린 순간, 지금까지 내내 찾고 있었던 세상 그 무엇보다 소중한 그것이 머릿속에 되살아났다.

"기사라기……."

기사라기다.

이제야 기사라기의 얼굴이 내 머릿속에 선명하게 떠올랐다.

"아아……."

고양이처럼 커다란 눈동자.

동그스름한 짧은 머리.

친근감이 느껴지는 부드러운 얼굴선.

살짝 위로 올라간 입꼬리.

그리고 지금 내 눈앞에 펼쳐진 태평양 너머로 사라지는 석양을 바라보는 눈빛.

"기사라기……."

머릿속에 그 모든 것이 완벽하게 그려졌다.

마치 지금 내 옆에 기사라기가 같이 있는 듯한 기분이었다.

"드디어 만났다."

이 세상에는 기사라기와의 연결 고리를 가진 사람이 많이 있을 것이다.

기사라기와 그 사람을 연결하던 인연이라는 것이 어디에선가 이어졌기에 나는 여기까지 올 수 있었고, 마지막 순간에 이토록 아름다운 석양도 감상할 수 있었다. 그게 아니라면 나는 마법처럼 아름다운 세상이 존재하는 이유를 알지 못한다.

그렇게 다시 한번 기사라기를 만나게 해주었다.

"……예쁘다."

나는 해가 바다로 녹아들면서 만들어 내는, 이 세상의 것으로 보이지 않는 환상적인 광경을 바라보며 그렇게 한마디만 입에 올렸다.

그걸로 충분하다고 생각했다.

기사라기 역시 이 석양을 바라보며 그렇게 말했겠지.

"하하핫, 왠지 좋아"라고.

그렇게 말했을 때의 기사라기의 얼굴이 생생히 아로새겨지자 참을 수 없는 눈물이 홍수처럼 쏟아졌다.

그리고 나는 이 아름다운 세상에서 흔적을 지웠다.

9

"……기사라기를 한 번 더 만났어요."

작별의 건너편으로 돌아온 도키와는 그렇게 말문을 열었다.

눈앞의 안내인이 천천히 고개를 끄덕였다.

기사라기의 얼굴을 기억해낼 수 있었던 이유를 깨달았다. 도키와가 기사라기가 최후의 순간에 무슨 일을 했는지 알고, 기사라기를 위해서 한 번 더 살고 싶다고 생각한 찰나 기사라기의 얼굴이 되살아났다. 그 생각이 발산하는 힘으로 마치 누름돌처럼 누르고 있던 뚜껑을 열고 기사라기의 얼굴을 기억해낼 수 있었다.

그리고 도키와는 기사라기를 향한 마음을 입에 올렸다.

"……저는 기사라기 스즈카를 진심으로 존경합니다."

도키와는 기사라기가 자신에게 남겨준 것들을 하나하나 되새겨 보았다.

"기사라기가 저를 위해 그렇게 많은 일을 했는지 몰랐어요."

도키와를 위해 기사라기는 세상에 여러 가지를 남겨 두었다.

"기사라기가 자기가 만날 수 있는 모든 사람을 만나러 갔을 줄이야……."

어쩌면 그것은 기사라기가 보낸 마지막 선물이었을지도 모른다.

"정말 여러 사람의 도움을 받아 노지마사키 등대까지 갈 수 있었어요. 혹시 기사라기와 직접 이어진 사람이 아니더라도……."

설령 기사라기가 만나지 못해서 직접적으로는 관계가 없다 할지라도, 이번 여행에서 만난 사람들과의 사이에는 인연이라는 것이 존재했다.

만나야 했기 때문에 만난 것이다.

사람과 사람이 어디에선가 이어지며 '페이 잇 포워드'의 정신이 전달되었다는 생각이 들었다.

그래서 그 마지막 답을 깨달을 수 있었다.

"마지막 재회라는 기회가 있어서 정말 좋았습니다."

"그렇게 말씀해 주시니, 안내인인 저에게는 더할 나위 없이 영광스러운 칭찬입니다."

안내인이 미소로 대답했다.

"지금의 제 진심이에요."

도키와가 마음속으로 바란 것은 오직 하나였다.

"······살고 싶다."

도키와는 목소리에 힘을 실어 그렇게 말했다.

"기사라기를 위해서도, 지금까지 나를 도와준 사람들을 위해서도 그런 생각이 들었어요. 죽고 나서야 그런 마음이 강하게 들다니, 너무 바보 같죠······. 그렇지만 이대로 나만 일방적으로 선물을 잔뜩 받고 끝이 난다면, 그건 아닌 것 같아요. 내가 누군가에게 받은 것을 다른 누군가에게 확실히 돌려줘야 한다는 생각이 들거든요."

이번 여행에서 만났던 사람들과의 대화가 지금도 뇌리에 고스란히 남아 있었다.

아직 자신은 아무것도 돌려주지 못했다.

그저 받기만 했다.

이대로 끝나 버리면 정말이지 견딜 수 없을 것 같았다.

그때, 처음 이곳을 찾아왔을 때와는 백팔십도 달라진 도키와의 눈빛을 보고 안내인이 제안을 하나 했다.

"도키와 씨."

안내인은 도키와가 다시 돌아온 뒤로 아직 한 마디 정도밖에 입에 올리지 않았다.

어쩌면 그것은 도키와를 위해서 줄곧 이 말을 준비하고 있었기 때문일 수도 있다.

"안내인이 되어보지 않겠습니까?"

"네에……?"

도키와가 눈을 휘둥그레 뜨고 안내인을 쳐다보았다.

말뜻을 이해하지 못한 듯했다.

내가 안내인이 된다고?

도대체 무슨 소리지?

도키와의 의문을 메우듯 안내인이 말을 이었다.

"저는 작별의 건너편에서 안내인으로 일하고 있습니다만, 현재 후임을 찾는 중이거든요."

"후임……."

"너무 갑작스러워서 당황하셨죠? 저도 처음 이 일을 제안받았을 때, 똑같은 기분이었습니다."

"안내인님도 다른 사람에게 제안을 받았다고요?"

"예, 그렇습니다. 저도 원래는 도키와 씨처럼 현세에 살던 보통 사람이었습니다. 그러다가 지금은 이렇게 작별의 건너편에서 안내인 일을 하고 있지만요."

"그러셨구나……."

그런 얘기를 들어도 도키와는 왜 자기를 선택했는지 짐작이 가지 않았다.

그래서 도키와가 물었다.

"그런데 왜 저를……?"

"좀 전에 하신 말씀을 들어보니 도키와 씨가 적격이라는 생각이 들더군요. 작별의 건너편의 안내인은 이곳을 찾아오는 사람들의 마지막 순간을 뒤에서 도와주는 일을 합니다. 여기서는 다른 사람을 위해 해줄 수 있는 일이 아주 많습니다. 그리고……."

안내인은 계속 말했다.

"이제 도키와 씨는 생명이 얼마나 귀한지를 아프리만치 잘 알고 있습니다. 소중한 사람을 잃고, 거기다 자신도 생명을 잃어본 경험이 있기 때문에 그 순간의 아픔과 슬픔, 그리고 누군가를 애도하는 심정까지도 마치 자기 일처럼 받아들일 수 있을 겁니다."

그 말이 무슨 뜻인지 도키와는 잘 알 수 있었다.

또한 그 말을 듣자 마음이 흔들리는 것도 사실이었다.

"앞으로 이곳을 찾아올 사람들을 위해, 여기 살면서 안내인이 되어주지 않겠습니까?"

"여기 살면서……."

기사라기는 물론, 자신을 위해 마음을 이어준 사람들이 있었다.

그런 사람들과의 만남이 한없이 고마웠다.

그렇기에 이번에는 자신이 그 사람들처럼 마음을 이어 나가야 한다고 생각했다.

자신이 진정 그 사람들을 위해서, 또 기사라기를 위해서 살기 원한다면 이곳의 안내인이 되는 것이 최고의 선택인 것 같았다.

"도키와 씨, '작별의 건너편'의 안내인이 되어 주시겠습니까?"

안내인이 확인하듯 한 번 더 묻자 도키와는 고개를 끄덕끄덕해 보였다.

"하겠습니다……."

그리고 이번에는 결심을 굳히듯 또랑또랑하게 말했다.

"제가 하게 해주세요, 작별의 건너편의 안내인."

안내인은 그 말에 미소 띤 얼굴로 고개를 끄덕였다.

"그렇게 말씀해 주시니 정말 감개무량하군요. 그리고 안심하셔도 됩니다. 일을 통째로 떠넘기지는 않을 테니까요. 당분간은 저도 같이 있을 거니까, 제 옆에서 조금씩 일을 배우면 됩니다."

그 말을 듣고 도키와는 가슴을 쓸어내렸다. 아직 모르는 것투성이인 데다, 이왕 안내인이 될 거면 일을 완벽하게 해내고 싶었기 때문이다.

안내인이 말을 이어 나갔다.

"그렇지만 둘 다 안내인이라고 하면 이상하니까, 앞으로는 저를 제 이름대로 다니구치라고 불러 주세요."

"다니구치 씨, 잘 부탁드립니다."

도키와는 허리를 숙여 정중하게 인사했다.

"예, 저는 도키와 씨를 후임이라고 부르겠습니다. 앞으로 잘 부탁드립니다."

다니구치도 깍듯하게 고개를 숙였다.

그렇게 인사를 주고받은 후, 도키와는 이제부터 이곳에서의 생활이 본격적으로 시작되는구나, 하고 생각했다.

그런데 그때 다니구치의 입에서 다음 말이 흘러나왔다.

"그럼 바로 본론으로 들어가서, 제가 안내하는 걸 한 번 더 보여드리죠."

"한 번 더 보여 준다고요?"

안내인의 말에 도키와는 갈피를 잡을 수 없었다. 곧 이곳을 찾아오는 사람이 있으니 당장 안내를 시작하겠다는 뜻일까.

너무 갑작스러운 전개에 마음을 단단히 먹었지만, 다니구치가 안내할 상대는 새로 이곳을 찾아오는 인물이 아니었다.

"도키와 씨에게 안내하는 겁니다."

"예에?"

도키와는 영문을 몰라 혼란스럽기만 했다. 자신은 이미 마지막 재회를 마쳤다. 그러니 더 이상 안내를 받을 일이 없을 텐데.

"이번 안내는 도키와 씨가 안내인 자리를 맡겠다고 말해주지 않았더라면 성사될 수 없었습니다. 그래서 저는 도키와 씨가 결심해 줘서 얼마나 기쁜지 모릅니다."

다니구치가 온화하게 웃으며 말했다.

그러더니 아무것도 없는 유백색 공간을 손으로 가리켰다.

단지 그것뿐이었다.

"앗……."

그 순간은 예고도 없이 찾아왔다.

다시 만날 수 있으리라고는 꿈에도 생각지 못했다.

"기사라기……."

기사라기가 거기 있었다.

제4화

실

1

"기사라기 스즈카 씨, 당신이 마지막으로 만나고 싶은 사람은
누구입니까?"

죽은 후에 찾아온 '작별의 건너편'이라는 곳에서 안내인 사쿠
마 씨가 나를 향해 그렇게 물었다.

내게 남아 있는 것은 마지막 재회.

그리고 내가 만날 수 있는 사람은 아직 내가 죽었다는 사실을
모르는 사람뿐.

영화에서도 써먹을 수 없을 것 같은 그 규칙을 듣자 온갖 불평
이 터져 나올 뻔했지만, 내 머리에 맨 먼저 떠오른 사람은 단연코
도키와였다.

"도키와를 만나고 싶어요."

"그렇게 말씀하셔도 도키와 씨는 기사라기 씨가 죽었다는 사실을 알고 있기 때문에 만나는 건 거의 불가능합니다. 혹시 달리 만나고 싶은 사람은 없습니까?"

"만나고 싶은 사람은 있지만, 도키와처럼 만날 수 없는 사람들뿐이에요."

"그건 그렇죠. 정말이지 이 규칙이 어찌나 불합리한지 저희도 불만이 이만저만이 아닙니다. 그렇지만 이것도 이쪽 세계의 규칙이라고 납득하고 받아들일 수밖에 없어서……."

그러고는 한 호흡 두고 나서 사쿠마 씨가 다음 질문을 던졌다.

"그러면 말이죠, 어디 가고 싶은 곳은 없습니까?"

"가고 싶은 곳이요?"

"예, 로드 무비처럼 목적지를 먼저 정해두는 것도 나쁘지 않겠다 싶어서요. 이 기회는 기사라기 씨에게 마지막 여행이나 다름없으니까요. 보다 즐거운 여행이 되도록 저도 돕고 싶습니다."

영화 속 등장인물처럼 연기하듯 말하는 사람이었다. 하지만 영화를 좋아하는 느낌이 들어서 친근감을 느낀 것도 사실이다. 일부러 로드 무비라는 단어까지 입에 올린 걸 보면 나처럼 영화광일지도 모르겠다.

"글쎄요, 지와타네호는 가보고 싶었는데."

그래서 시험해 보기로 했다.

"지와타네호! 저도 가보지는 못했지만 얼마나 멋진 곳인지 잘 알고 있습니다. 태평양과 맞닿은 마을이죠. 정확한 발음은 시와타네호라는 것 같지만요. 언제가 가보고 싶군요. 그 희망은 아직 버리면 안 되겠죠? 왜냐면 희망은 좋은 거니까요."

그 대답을 듣자 영화광이 분명하다는 확신이 들었다. 지와타네호는 〈쇼생크 탈출The Shawshank Redemption〉이라는 명작 영화에 나오는 해변 마을의 이름이다. 그리고 안내인이 말한 희망에 관한 대사는 영화 속 주인공의 명언 중 하나였다.

"저도 가본 적은 없지만 잘 알아요. 멋진 곳이잖아요."

"맞아요, 아주 멋진 곳일 겁니다."

활짝 웃는 사쿠마 씨를 향해 내가 정말로 가고 싶은 곳 얘기를 꺼냈다.

"근데 제가 진짜 가고 싶은 곳은 노지마사키 등대예요. 거기서도 지와타네호처럼 태평양 너머로 가라앉는 태양을 볼 수 있거든요."

"노지마사키 등대……."

"네. 저는 거기도 가고 싶고, 도키와를 위해서 뭔가 해줄 수 있는 일이 없는지도 생각해 보고 싶어요."

"흐음. 노지마사키 등대에 가는 건 그다지 어렵지 않겠지만, 도키와 씨를 위해 뭘 할 수 있을지 생각하는 건 만만치 않겠군요. 만나는 건 불가능에 가까우니까요."

"무슨 소릴 하시는 거예요!"

"예에?"

"희망을 버리면 안 되죠. 왜냐면 희망은 좋은 거니까요. 가장 소중한 것이잖아요. 좋은 것은 절대 사라지지 않아요."

"……아, 맞아요, 맞습니다."

내가 사쿠마 씨가 좀 전에 입에 올렸던 〈쇼생크 탈출〉에 나오는 명대사를 줄줄이 인용하자 감탄한 듯 목소리를 높이며 고개를 끄덕였다.

"알겠습니다. 저도 좋은 방법이 없는지 한번 생각해 보죠."

"고맙습니다, 마음이 든든해졌어요."

"제가 안내인 생활을 오래 하지는 않았지만, 안내인을 이렇게 적극적으로 써먹으려는 사람은 기사라기 씨가 처음입니다."

"혼자보다는 둘이 생각하는 쪽이 더 좋은 아이디어가 떠오르지 않겠어요?"

그리고 혼자보다 둘이 있는 편이 덜 외롭다.

내가 죽었다는 사실을 알면서도 눈물이 흐르지 않는 건 분명 안내인이 옆에 있기 때문일 것이다.

죽음 후에 이토록 다정한 세상이 기다리고 있으리라고는 상상도 못 했다.

2

"그러면 기사라기 스즈카 씨, 지금부터 현세로의 여행을 즐기고 오세요. 주사위는 던져졌습니다. 〈쥬만지Jumanji〉 게임, 시작합니다."

나는 작별의 건너편을 떠나 다시 한번 현세로 돌아왔다.

결론부터 말하자면, 사쿠마 씨와 둘이 생각해낸 아이디어는 심플하면서도 대담했다.

도키와는 만나지 못하더라도 그 밖에 만날 수 있는 모든 사람을 만나러 간다.

그렇게 결정했다.

그중에는 도키와를 아는 사람도 여럿 있다.

그리고 아직 도키와를 알지 못하더라도 앞으로 어디에선가 그들의 실이 이어질 거라고 나는 믿었다.

그게 바로 사람과 사람 사이의 인연이며, 그런 인연이 있었기 와 나와 도키와도 만날 수 있었을 테니까.

그렇기에 나는 현세로 돌아오자마자 아이디어를 실행하면서 여러 사람에게 도키와에 대해 이야기하고 다녔다.

학교 끝나고 집에 가던 초등학생과 머리를 빡빡 깎은 노래방 점원. 우미호타루 스타벅스에서 일하는 여자, 그리고 노지마사키 등대에 도착하고 나서도 한 여자를 만났다. 그 여자는 매일 해가 질 무렵에 개를 데리고 산책하러 온다고 했기 때문에 언젠가 도키와가 노지마사키 등대에 왔을 때도 분명 그 자리에 있을 것 같았다. 사람의 루틴이라는 건 그리 쉽게 바뀌지 않는다는 사실을 도키와에게서 배웠다. 마지막이라는 생각에 그 여자에게는 다른 사람들보다 도키와에 대해 더 많이 털어놓았다.

그 후 처음 출발 장소로 돌아왔을 때는 시간이 얼마 남지 않았다.

아주 짧은 시간이 나를 기다리고 있었다.

내 몸은 저절로 도키와의 집 쪽으로 움직였다.

만날 수 없다는 사실을 알면서도 보고 싶은 마음을 억누를 수 없었다.

아직 새벽이라 인적이 거의 없는 시간이었다.

아침 해가 동쪽 하늘에 조금씩 얼굴을 내밀기 시작했다.

그리고 서쪽 하늘에는 그때까지도 어슴푸레한 보름달이 걸려 있었다.

아침 해와 보름달이 동시에 떠 있는 광경을 보니 왠지 기분이 좋았다.

나는 햇빛과 달빛에 둘러싸인 채로 도키와네 집 앞에 섰다.

"……."

딩동, 초인종을 눌렀다.

도키와는 아직 자고 있겠지.

대답이 돌아오지 않을 걸 알면서도 초인종을 눌렀다.

만나는 것은 불가능하다.

그러므로 아직 보름달이 서쪽 하늘에 걸려 있는 이른 새벽을 선택했다.

여기서 이대로 작별을 고할 생각이었다.

그런데.

"앗……."

집 안에서 소리가 들렸다.

도키와?

혹시 내가 깨운 걸까.

아니면 잠을 못 이루고 깨어 있었던 걸까.

그렇지만 지금은…….

"……헉, 헉."

나는 문 앞에서 떨어져 부랴부랴 안 보이는 곳에 몸을 숨겼다.

숨자마자 내 시야 안으로 한 남자의 모습이 들어왔다.

"도키와……."

도키와다.

도키와가 집 안에서 나왔다.

머리카락이 조금 길어진 도키와.

초인종을 눌러서 나와 봤는데도 아무도 없자 의아한 얼굴을 하고 있었다.

"……도키와."

한 번 더 그 이름을 불렀다.

절대 들리지 않게 작디작은 목소리로 불렀다.

이렇게 가까이 있는데도 만날 수 없다니.

그 사실이 한없이 슬프고, 괴롭고, 그리고 무엇보다.

사랑스러웠다.

고마워, 도키와.

사랑해, 도키와.

그렇게 속삭이면서 꼭 안아주고 싶었다.

하지만 지금은 절대로 그 말을 전할 수가 없다.

그 후에 나는 다시 작별의 건너편으로 돌아왔다.

눈물이 쉴 새 없이 쏟아졌다.

다시는 현세로 돌아갈 수도 없고 만날 수도 없는데, 도키와가 내 마음을 차지하고 있었다.

마음 한가운데에 도키와가 있었다.

그때 사쿠마 씨가 다시 모습을 드러냈다.

그러더니 나를 향해 이렇게 말했다.

"기사라기 스즈카 씨, 안내인이 되어보지 않을래요?"

내가 무슨 소린지 알아듣지 못하자 사쿠마 씨가 설명을 덧붙였다. 그렇게 해서 작별의 건너편에서 안내인이 하는 일을 알게 됐고, 안내인이 되고 싶다는 마음도 생겼다. 내 삶은 돌연 막이 내려졌지만, 그렇기에 더더욱 아직 내가 할 수 있는 일이 남아 있다면 하고 싶었다. 안내인이 최후의 순간에 이토록 따스한 세상을 내게 보여 주었기에 구원을 받은 듯한 기분을 느낄 수 있었다. 내가 그 일을 맡게 된다는 사실에 감동한 나머지 "꼭 하게 해주세요"라고 힘주어 대답했다.

그러고 눈 깜짝할 사이에 반년이라는 시간이 흘러, 지금 나는 이 자리에 있다.

그리고 다시 만났다.

작별의 건너편에서 재회했다.

내가 가장 사랑하는 사람.

도키와와.

3

도키와 마사오미는 아직도 눈앞에서 벌어진 일이 믿어지지 않았다.

기사라기 스즈카의 시선이 도키와 마사오미의 얼굴로 올라왔다.

"제가 설명하겠습니다."

그렇게 입을 떼며 두 사람 앞에 선 사람은 다니구치가 아닌 기사라기 옆에 서 있던 또 한 명의 안내인, 사쿠마였다.

"저는 사쿠마라고 합니다. 그리고 제 옆에 계신 분은 기사라기 스즈카 씨. 말 안 해도 도키와 씨는 잘 아시겠지만……."

도키와는 천천히 고개를 끄덕였다. 여전히 상황을 확실히 파악하지 못한 터라 제대로 된 반응을 보일 수가 없었다.

"놀라셨겠지만, 기사라기 씨가 여기 있는 이유는 단 하나입니다."

사쿠마가 검지를 세우며 말했다.

"기사라기 씨는 안내인이 됐습니다. 제 쪽에 왔을 때 제가 먼저 제안했거든요."

"기사라기가 안내인이 됐다⋯⋯."

도키와는 눈동자를 크게 부풀리며 설명을 듣는 게 고작이었다.

"주위 사람들을 대하는 기사라기 씨의 마음 씀씀이와 여러 가지 자질을 고려할 때, 안내인으로 안성맞춤이겠다 싶더군요. 물론 위태로운 면도 없지는 않았죠. 그리고 무엇보다 저처럼 영화를 좋아한다는 점이 마음에 들었습니다. 뭐, 결국 그게 가장 큰 매력이 었는지도 모르겠군요."

그렇게 말하며 사쿠마가 갑자기 배우처럼 함박웃음을 머금자 그제야 기사라기도 눈가를 풀고 수줍게 웃었다.

"기사라기 씨는 반년 가까이 안내인 생활을 해오면서 이미 어엿하게 제 할 일을 해내고 있습니다. 아직 저는 제 자리를 넘겨줄 생각은 없지만, 후임을 양성하는 것보다 더 중요한 건 없으니까요. ⋯⋯그리고 다니구치 씨도 마침내 후임을 찾은 것 같고 말이죠."

"예, 후임을 찾았습니다."

사쿠마의 말에 다니구치가 고개를 끄덕였다.

그리고 다니구치는 문득 생각났다는 듯이 다음 말을 이었다.

"그러고 보니 사쿠마 씨, 전에 했던 질문에 대한 대답을 드디어 찾았습니다. 해피 엔딩과 언해피 엔딩 중에 어느 쪽을 좋아하느냐고 물었잖습니까."

"아아, 그거요. 하도 오래돼서 질문했던 것도 잊고 있었습니다. 그래서 답은 어떻게 되는데요?"

다니구치는 도키와와 기사라기를 번갈아 바라보더니 싱거운 미소를 내비치며 대답했다.

"저는 역시 해피 엔딩이 좋습니다."

그 말을 듣자 사쿠마가 짓궂게 웃어 보였다.

"우연이군요, 저도 해피 엔딩이 좋습니다."

이 두 사람이 없었다면 도키와와 기사라기의 재회는 절대로 이루어지지 않았으리라.

다니구치와 사쿠마가 둘을 다시 만나게 해주었다.

이번에는 다니구치가 도키와를 쳐다보면서 입을 열었다.

"도키와 씨, 그날 노래방에서 만난 뒤로 현세에 한 번도 못 가봐서 정말 죄송합니다. 저는 최대한 정보를 모으고 있었거든요. 등잔 밑이 어둡다더니, 설마 사쿠마 씨가 기사라기 씨를 안내했으리라고는 꿈에도 몰랐지 뭡니까."

다니구치는 정중하게 말을 이어 나갔다.

"그렇지만 사정이 있어서 그 사실을 알고도 알려줄 수가 없었어요. 원래 제 후임으로는 자기 의지가 확실하고, 성심성의껏 안내인 역할을 감당할 수 있도록 심지가 곧은 사람을 뽑아야 한다고 했거든요. 안내인 일이 때로는 고독하고, 정신적인 피로도 상당해요. 그래서 도키와 씨가 스스로 안내인을 하겠다고 결심하기를 바랐습니다. 자기 의지로 안내인이 되겠다는 선택을 하지 않으면 저도 도키와 씨에게 전부를 걸 수가 없었습니다."

거기서 다니구치는 잠시 뜸을 들이다가 진심을 담아 말했다.

"이건 일종의 도박 같은 거였습니다. 그런 만큼 저는 도키와 씨가 스스로 안내인이 되겠다고 결심했을 때, 이루 말할 수 없이 기뻤습니다."

다니구치는 이보다 더 기쁜 일은 없다는 듯이 웃고 있었다.

"다니구치 씨……."

도키와도 그 말이 무슨 뜻인지 알 수 있었다.

다니구치는 작별의 건너편의 안내인으로서 최후의 순간에 도키와를 더할 나위 없이 행복한 시간으로 안내해 주었다.

"고맙습니다, 다니구치 씨."

도키와도 진심을 담아 말했다. 마음속에 솟구쳐 오르는 감사의 마음을 정확하게 전하고 싶었다.

그제야 비로소 도키와는 기사라기의 얼굴을 똑바로 바라볼 수 있었다.

"기사라기……."

두 번 다시 만나지 못할 거라 생각했던 사람.

기사라기 스즈카.

그런데 그때 상대방의 입에서 나온 말은 도키와가 도저히 생각지도 못한 것이었다.

"······도키와, 바보!"

"뭐어?"

처음 만났던 날처럼 기사라기의 입에서 나온 첫마디가 도키와를 놀라게 했다.

기사라기는 잔뜩 성난 투로 입술을 움직였다

"왜 도키와까지 죽은 거야. 나만 죽으면 됐지, 왜······."

그렇게 말하는 기사라기의 눈시울이 젖어 있었다.

그날 이후로 기사라기의 눈물을 처음 보았다.

그 표정을 본 도키와의 입에서는 무심코 이 말이 흘러나왔다.

"미안해, 기사라기······."

아니다.

도키와가 하고 싶은 말은 그게 아니었다.

그날도 후회했었다.

이 순간 좀 더 확실하게 전하고 싶은 말이 있다.

"······고마워, 기사라기."

"응?"

"기사라기가 내게 남겨준 것들은 마지막 순간이 돼서야 내 눈에 보였어. 그때까지는 기사라기가 나를 위해 그렇게 많은 사람들을 통해, 그토록 많은 것들을 남겨놨다는 사실을 모르고 있었거든. 여러 사람이 나를 도와줬어. 그러니까, 나는 너한테 고맙다고 말하고 싶었어."

"이제 알았어? 정말 바보라니까, 도키와는……."

그때 기사라기의 볼을 타고 흘러내린 눈물이 바닥에 떨어졌다.

"……그렇지만 여기서 도키와를 다시 만났다고 눈물겹게 기뻐하는 내가 제일 바보겠지?"

"기사라기……."

다음 순간, 도키와는 기사라기를 끌어안았다.

머리보다 몸이 먼저 움직였다.

당장 그 눈물을 닦아주고 싶었다.

이제 이렇게 자기가 옆에 있으니까.

"도키와……."

기사라기도 그대로 도키와의 가슴을 파고들었다.

그런 다음 도키와는 두 손으로 기사라기의 얼굴을 감쌌다.

다시는 잊어버리지 않도록, 그 얼굴을 눈에 담았다.

기사라기다.

진짜 기사라기가 내 옆에 있다.

고양이처럼 커다란 눈동자.

동그스름한 짧은 머리.

친근감이 느껴지는 부드러운 얼굴선.

살짝 위로 올라간 입꼬리.

그리고 자신을 똑바로 바라보는 눈빛.

그 얼굴을 자기 눈으로 확인한 순간, 도키와의 눈에서도 눈물방울이 흘러내렸다.

도키와는 눈물을 훔치며 중얼거렸다.

"아냐……."

도키와는 그 눈물의 의미를 제대로 설명하고 싶었다.

"……나도 기뻐서 우는 거야."

도키와는 다시 한번 기사라기를 꽉 껴안았다.

도키와는 피부를 통해 느껴지는 이 온기야말로 값을 매길 수 없는 최고의 선물이 아닐까 생각했다.

"너를 다시 만난 게 정말 꿈만 같아."

"도키와……."

애타게 보고 싶었다.

그렇게 자기 이름을 계속 불러주길 바랐다.

오로지 한 번만 더 만나고 싶다는 바람뿐이었다.

"기사라기……."

그 노래 가사처럼 작별의 건너편에서 기사라기를 다시 만나면 무슨 말을 할지 내내 고민했다.

그렇게 해서 생각해낸 말은 하나밖에 없었다.

"사랑해."

줄곧 이 말을 하고 싶었다.

도키와는 작별의 건너편의 새 안내인이 되었다.

다니구치는 도키와에게 인수인계를 마치면 자신도 요코와 함께 최후의 문을 통과해 새로 태어날 예정이다.

기사라기도 안내인 일을 계속 이어가고 있다. 도키와와 기사라기는 훌륭한 안내인이 되자고 맹세했다. 제 몫을 해내는 안내인이 됐을 때 다시 만날 것을 약속하며.

그리고 오늘은 도키와가 안내인이 되어 처음으로 안내 임무를 맡게 된 날이다.

"드디어 데뷔전이군요. 도키와 씨, 긴장 안 돼요?"

"……별로 긴장한 것 같지는 않은데, 손끝이 제멋대로 떨리네요."

"그게 바로 긴장했다는 증거랍니다."

그렇게 말하고 나서 다니구치는 부드럽게 웃으며 물었다.

"일단 숨 좀 돌릴까요?"

다니구치가 가슴 주머니에서 맥스 커피 두 캔을 꺼냈다.

"고맙습니다."

그날은 거절했지만, 오늘 도키와는 흔쾌히 캔 커피를 받았다. 한 모금 마셨더니 입 안 가득 단맛이 퍼지면서 마음이 진정되는 기분을 느낄 수 있었다. 그런데 다니구치가 자기보다 훨씬 맛있게 커피를 음미하는 모습을 보자 그 모습을 지켜보는 편이 긴장을 푸는 데 더 효과적이겠다는 생각이 들었다.

"긴장이 좀 풀린 것 같아요."

"커피 한잔 즐기는 시간은 대단히 중요합니다."

"그러게요, 똑똑히 기억해 두겠습니다."

도키와는 남은 커피를 마지막 한 방울까지 쭉 들이켰다.

그리고 눈앞에 펼쳐진 유백색 공간에 눈길을 주며 말했다.

"……다니구치 씨, 앞으로 작별의 건너편의 훌륭한 안내인이 되기 위해 열심히 노력하겠습니다."

"절대로 너무 의욕을 앞세우진 말고요. 급히 먹는 밥이 체한다, 급하다고 바늘허리에 실 매어 쓸까, 또 급할수록 돌아가라는 말도 있잖습니까."

그 말을 들은 도키와는 천천히 고개를 끄덕였다.

"네, 무리하지 않을게요. 그렇지만……."

도키와는 새로이 결심한 듯한 목소리로 말했다.

"다니구치 씨가 저희의 마지막을 해피 엔딩으로 만들어 주셨듯이, 저도 작별의 건너편을 찾아오는 사람들의 마지막 순간에 해피 엔딩을 선물해 주고 싶어요. 그게 바로 이곳 안내인의 사명인 것 같아서요."

"도키와 씨……."

도키와는 정중히 말을 이어 나갔다.

"기사라기가 그랬거든요. 엔딩 크레딧이 올라간 후에도 등장인물들의 이야기는 계속된다고. 그렇지만 작별의 건너편을 찾아온 이들에게는 여기가 인생이라는 이야기의 마지막 종착역이잖아요……."

그렇기에 더더욱 그 마지막을 후회가 없게끔 만들어 주고 싶다.

고통에 시달렸던 이들도 최후의 순간에는 웃게 해주고 싶다.

도키와는 다니구치를 정면으로 응시하면서 말했다.

"이야기의 결말에 해피 엔딩이 기다리고 있다면, 이곳 작별의 건너편을 찾아온 사람에게도, 소중한 존재를 떠나보낸 사람에게도, 조금이나마 위안이 되지 않을까요?"

그것은 지금 도키와의 진심에서 우러나온 말이었다.

그 말을 들은 다니구치는 천천히 고개를 끄덕이고 입을 열었다.

"그건 조금이 아니라, 아주 큰 위안이 될 겁니다."

그러고는 여느 때처럼 싱긋 웃으며 말을 이었다.

"새삼 도키와 씨를 후임으로 뽑길 정말 잘했다는 생각이 드는 군요."

"고맙습니다, 다니구치 씨."

그 말을 듣고 기분이 좋아진 도키와의 얼굴 위로 봄이 찾아온 것처럼 환한 미소가 피어났다.

이곳은 작별의 건너편.

죽은 사람들이 마지막으로 찾아오는 곳이다.

그리고 그들이 행복한 결말을 맞이할 수 있도록, 마지막으로 소중한 사람을 만나러 갈 수 있도록 도와주는 두 명의 안내인이 있다.

다니구치 겐지와 도키와 마사오미.

이들은 작별의 건너편으로 건너온 사람들을 위해서, 그리고 남겨진 소중한 사람들을 위해서 앞으로도 여기서 계속 기다릴 것이다.

주머니에는 캔 커피 두 캔 아니, 세 캔을 넣은 채로.

"당신이 마지막으로 만나고 싶은 사람은 누구입니까?"

작 별 의 　 건 너 편 2

초판 1쇄 발행　2023년 10월 31일
초판 4쇄 발행　2023년 12월 4일

지은이　　시미즈 하루키
옮긴이　　김지연

편집인　　이기웅
책임편집　이원지
편집　　　안희주, 주소림, 김혜영, 양수인, 한의진, 오윤나, 이현지
디자인　　TOMCAT
책임마케팅　김서연, 김예진, 박시온, 김지원, 류지현, 김찬빈, 김소희, 배성원
마케팅　　유인철
경영지원　박혜정, 최성민, 박상박
제작　　　제이오

펴낸이　　유귀선
펴낸곳　　㈜바이포엠 스튜디오
출판등록　제2020-000145호(2020년 6월 10일)
주소　　　서울시 강남구 테헤란로 332, 에이치제이타워 20층
이메일　　odr@studioodr.com

ⓒ 시미즈 하루키
ISBN 979-11-93358-09-2　04830
모모는 ㈜바이포엠 스튜디오의 출판브랜드입니다.